聊齋的帷幔

閻連科 著

目錄

自序：唯《聊齋》能使我們更豐富 006

第一講 《聊齋志異》的接受與不真之真 011

第二講 狐狸到人間的路 033

第三講 狐狸的「人生」之真 059

第四講 科舉：為人的出口即絕處 087

第五講 書生的求取和非人的給予 119

第六講 從地府冥都回來的人 147

第七講 《聊齋志異》的鬼世與《佩德羅·巴拉莫》 167

第八講
志怪與異相：古典的荒誕與神實
205

第九講
被傳奇遮蔽的歷史、家庭與女性
229

第十講
在沒有神的宗教裡
255

第十一講
時間、空間與夢境
287

第十二講
《聊齋志異》中的桃花源與烏托邦

自序

唯《聊齋》能使我們更豐富

總是痴痴夢夢想，《聊齋志異》倘若不是文言文，而是如《紅樓夢》《三國演義》般的淺近白話文，且不因其「牛鬼蛇神」的狐妖鬼魅而成為「四（五）大名著」的名著之一時，那麼今天我們的文學會是什麼樣？

文學唯真實為信仰！

而文學中的真實更多是指真實性。從這個真實性的角度說開去，文學之真實，除了與經驗緊密相連的事實、真實和可能性，還有不被我們論及的「不真之真」、「超真之真」、「無可驗證之真」和「反真實之真實」等等深具真實性的真實來。前者的事實、真實與可能性，均是透過經驗修得的基座或鄰居；而後者——文學的不真之真、超真之真、無法驗證之真與反真實，則都以超越真實的真實性為鄰為基礎。前者自現代文學後，已經四撒遍佈地統治著我們的寫作和閱讀，尤其在今天；而後者，自現代文學後，已經在文學中被冷疏少見到如同只有他人才有的罌粟般。如此這般地天長地久著，今天的我們已經忘記文學的真實中，還有不真之真、超真之真、無可驗證之真和反真實的真實存在了；已經忽略去了二十世紀的現代文學中，所謂的現代正是這些不真之真、超真之真、無可驗證之真和反真實的再生、靈變和內髓化。而這些——要在中國文學中體味這一切，就只能回到我們的古典文學裡，比如《搜神記》、唐傳奇和明清小說裡，才有著鮮明或隱含的旗幟和影彰。

就《聊齋志異》言，它實則是一部旗幟影彰各種文學真實性的百科全書，甚至某種未曾被我們意識到的文學真實性，可能都還隱藏在那近五百項的短篇故事裡。若單論文學的真實和真實性，《聊齋》的豐饒和庫藏，是值得今天我們所有的作家都在它的面前跪下求借的。

實實在在說，中國古典文學之浩瀚與偉大，不是高山而是由高山和高山綿延開去的山脈和大山脈，其應有盡有的豐富性，常常讓人困惑今日寫作的意義是什麼。在偶然一日的一時裡，我意識到就作家孜孜不倦的寫作言，你所必須有的人生經驗是有限的，而文學的真實則為無限時，我想我應該重新回到中國的古典文學去。如此再讀《聊齋志異》時，便轟隆恍惚地有了一種醍醐灌頂感。我甚至對自己極其荒謬地得出結論道——

「原來二十世紀的文學源頭不是延續了十九世紀文學至卡夫卡，而是全部源自《聊齋志異》這部奇書和那個叫蒲松齡的人！」

想到少年時，獨自走在中原大地的荒野上，看到一個墳墓就能看到又一個的世界和人類，能看到不一樣的時間、空間、真實和邏輯；隨便在山田的路邊去摘一枚野果子，就會有個故事如《變形記》樣從果間花裡劈哩啪啦跳出來，滿地落下的新時空、新真實和新邏輯，如同晨光、雨露和田野樣。如此就想《聊齋志異》未獲「四大名著」之冊封，但它所提供的文學的真實和真實性，還有從這種真實性推開蕩去的開放無邊的真實觀，當是今天文學真實與真實性的一部豐饒而絕倫的「聖經」吧。

如此也便在香港科技大學以再讀《聊齋》為起點，將其置放在我所淺知的世界文學裡，尤其是在被我之偏見轄制的二十世紀文學裡，去談去講我所理解的不一樣的《聊齋》和蒲松齡，也便有了《聊齋的帷幔》這冊薄微而充滿錯知的書；且還有了《小說的信仰》更偏見錯知的一本所謂理論的隨筆冊。我想有了這兩冊微薄和偏見，希望我日後的寫作會有蘋果樹上結出梨子、開出牡丹、升起雲朵的變化來。希望讀者讀了《聊齋的帷幔》後，能重新撩開《聊齋》之帷幔，看見書生、百姓、官僚和狐仙鬼怪妖異等，除了他們在故事層面的審美外，還有更為深層豐富的真實和美的詭異存在著。

或者你讀了《聊齋的帷幔》後，回想或再讀《聊齋志異》時，能怒拍一下桌子吼——

「《聊齋的帷幔》純粹是胡扯！」

二〇二二年八月二十六日　於港科大

第一講

《聊齋志異》的接受與不真之真

·1·

經驗是一條時間的河道。文學的精彩之處都在漲溢出經驗河道那部分。所有漲溢而出的突鼓、飛濺和塌陷，都是經驗的荒誕和謬誤。文學是為謬誤而生的。人類生活沒有了謬誤，也就沒有了文學。不同的文學，是謬誤不同的容器。作家是為各種謬誤而鍛造容器的人。

·2·

文學史是為人類的謬誤編繞而成的語言之河。今天我們的大陸上有多少河道和溪流，人類的文學史就該有多麼豐富和迂迴。在依水而居的人類生存過程中，我們消失了多少村莊與河道，我們就遺失了多少驚心動魄的故事與偉大的文學。而今天——中國文學史中所謂的「四大名著」，一如《聖經》在基督教信徒中一樣神聖和正典。《聖經》成為那些信徒之正典，是人跡漫漫走過了幾千年的事，而「四大名著」成為我們的文學之正典，卻是最近幾十年的事。

時間委實太短了，一根筷子的長度都不夠。

話說明時候，江蘇太倉人氏王世貞（一五二六—一五九〇），這位文學家和史學家，提出了「宇宙四大奇書」說——那時候，王先生當然還不太明瞭世界上的《聖經》、《荷馬史詩》、奧維德《變形記》和《神曲》這類書。他說的「宇宙四大奇書」是：《史記》、《莊子》、《水滸傳》和《西廂記》。到了馮夢龍（一五七四—一六四六），這位王先生的同鄉、蘇州傑出的古典文學家，不光給我們留下了《喻世明言》、《警世通言》、《醒世恆言》等古典短篇之傑作，還把「四大奇書」修正為《三國演義》、《水滸傳》、《西遊記》和《金瓶梅》。由此這種奇書說，從包羅宇宙的歷史、哲學和文學，清正、純粹到了文學上，甚至是小說中了。歷史像一頁紙般掀過去，之後金聖嘆（一六〇八—一六六一，又是蘇州人）提出「六才子書」的說法來。這六才子書是《莊子》、《離騷》《史記》、《杜詩》、《水滸》和《西廂記》。而到了李漁（一六一一—一六八〇）時，他認為《史記》是散文，《莊子》是哲學，《西廂記》是戲曲，這些都不可歸為同類，一如我們不能把天裝入筐子叫東西，將地也裝入筐子叫東西。他贊成馮夢龍的歸類法，由此馮的「四大奇書」說，便沿著歷史的河道汩汩流傳了。

十八世紀末，清乾隆年間，《紅樓夢》呱呱墜地。二百多年來，歲月每每撕去日曆都是伴著謬誤和修正謬誤的再謬誤。如此我們站在一個文學圖書館的頂端去回望時，不得不感嘆，中國小說的黃金歲月，哪是二十世紀的八十年代哦，而是二、三百年前的明末和清初。那是一個黃金文學的滔滔大時代，八十年代只是中國的又一個黃金文學的鑄爐期，是一個文學的黃金小時代。這中間，相隔的時間委實太長了，一轉眼就是三百年。三百年只爭朝夕，又談何容易矣！更何況這三百年間還有偉大的現代文學在其中。一個無庸置疑的事實是，現代文學是中國文學的又一個黃金期。而八十年代及其後二十年左右的發展和延續，才是中國文學的又一個發軔滾滾的文學大時代。至於這個時代的文學是黃金、白銀或銅鐵，還得讓時間和歷史說了算。

回望小說的過往與今世，三百年前那個黃金大時代，是多麼洪流滾滾、驚濤駭浪哦。一不慎吳承恩的《西遊記》橫空出世了，宛若石頭炸裂，孫大聖飛躍天空；幾乎在這同一時期裡，《水滸傳》和《三國演義》鏗鏘誕生，帶著歷史的血腥與肅殺，夾裹著橫七豎八、枝枝蔓蔓的時代與社會的英雄大故事，讓小橋流水汗顏得如同山洪中的柴草和野花。倘若《聊齋志異》不是以近五百個短篇故事的聲勢集束團結在一起，任你狐仙妖異有多麼大的魔和美，也經不起這些大流巨浪的沖洗。搖頭晃腦想一想，明去清來那個時代，小說的橫空與輝煌，確如電閃雷鳴般。而今天所謂的黃金歲月和大時代與新時期，也實為漁舟和艦艇之比了。當時間哀哀轟隆來到民國時，人們深感用「四大奇書」去囊括明末清初那個時代之文學，著實是要把天地都裝進一個農夫的背簍裡。於是，便又有了「六大奇書」說，在這「四大」中又加了《聊齋志異》和《儒林外史》兩部書。到了「五四」那個歷史轉捩點上，果真是撕去歷史的一頁紙，可能就有新歷史的新篇章。胡適一干先生們，竭盡全力推廣白話文，研究白話文學史，為中國白話的到來打開了閉關千年的古城門。期間胡適多次談到要「用活的語言做文學。」他在〈再寄陳獨秀答錢玄同〉中明確提出道：「故鄙意以吾國第一流小說，古人唯《水滸》、《西遊》、《儒林外史》、《紅樓夢》四部」。[1]這就讓「四大名著」這一定論和概念，再次有了種子和土壤。到了二十世紀五、六十年代，不光中國的經濟、政治是國有計畫的，出版也同樣是國有計畫的。在新中國的文化制度下，顯然如《儒林外史》、《聊齋志異》和《金瓶梅》，這些具有濃厚「封建色彩」的古典文學傑作，是要被重新定位淘洗的。一九五一年，人民文學出版社砰的一響應運而生了，根據一些過往的資料說，那時由馮雪峰[2]先生任社長兼總編，在他提出的出版計畫中，是包含中國古典文學的。這個中國古典文學指的是《水滸傳》、《三國演義》、《西遊記》和《紅樓夢》——為了政治正確，理所當然地不含《金瓶梅》和《聊齋志異》等。數年後，出版全部歸紅色經典所占有，一切的龐雜都是「大毒草」。但到一九七二年，時任美國總統的尼克森破冰訪華時，為了顯示中國出版的繁華和自由，還又重印了這四部書。如此又一頁的歷史掀將過去了。時間來到「新時期」，那時重新出現在高校的文學史和文學理論中，並無「四大名著」這一說，如卓有影響的鄭國銓等人一九八一年編著的《文學理論》一書中，關於古典文學遺產的論述，清晰地闡釋了中國古典詩人、劇作家以外的古典小說大家是羅貫中（《三國演義》）、施耐庵（《水滸傳》）、吳承恩（《西遊記》）、吳敬梓（《儒林外史》）、曹雪芹（《紅樓夢》）、蒲松齡（《聊齋志異》），「他們的作品程度不同地集中了時代的智慧，成了人們認識生活、了解歷史的一面鏡子，具有生動而深刻的思想內容和豐富多彩的藝術表現力，因此往往代表著一個民族、一個國家文學的成熟程度及其藝術傳統，更是十分珍貴的文學遺產。」[3]然而到了二十世紀偉大的八十年代，在充滿轟鳴和朝氣的時代聲響中，一切都在撥亂反正中黑歸黑、白歸白，土地歸勞作，精神歸魂靈。到九十年初，中國當代文學對西域小說、詩歌之熱求，借助中國改革開放的門扉之洞開，暴風驟雨般地湧進來。閱讀與思考，成為那個時代的靈魂育幼院。所有的青年都在這個育

1 胡適：《胡適全集：胡適文存》（一），中央研究院近代史研究所，二〇一九年。

2 馮雪峰（一九〇三—一九七六），原名福春，筆名雪峰，浙江義烏人。詩人，文學理論家，左翼文學主要領導者。

3 鄭國銓、周文柏、陳傳才：《文學理論》，中國人民大學出版社，一九八一年。

幼院中補課、唱歌和跳舞，從而出版、印刷不僅是文化的復興集散地，也是經濟復甦的發原地。今天被我們共同接受、認同到不可更改、替補的「四大名著」說，成為那時候出版社和出版商「第一管道」和「第二管道」最為響亮、有力的廣告詞。「四大名著」說，也在那時的媒體、讀者、出版業和文學界，毫無質疑地形成了匆忙的認同和接受，一如每年中國的「一號檔」成為全年的政策綱領樣，被各個部門、機構和人們照單全收了。

就這樣，轟鳴隆隆的市場戰勝了認真的研究，「四大名著」這一概說最終牢不可破、堅如磐石了。《紅樓夢》、《三國演義》、《水滸傳》和《西遊記》，成為國人的文學聖經了。而《金瓶梅》和《聊齋》，既是陰差陽錯的，也是時代意識的選擇和淘洗，從那個行列中讓人把它的鞋子扒掉了，不得不從「名著」的隊伍中落下來。

· 3 ·

在此，我們設想在中國的古典文學名著中，不是四大名著而是「六大名著」會是什麼樣？在中國的四大名著中，再補入《聊齋志異》和《金瓶梅》，那麼今天中國的文化、文學會是什麼樣？當然，如果說《金瓶梅》確實有上上下下、左左右右都認為的「兒少不宜」時，那麼為什麼不可以「五大名著」呢？倘若「五」為單數不合中國文化中的數字心理，那「四」的諧音不是更不合中國文化的生死心理嗎？若是緣於《聊齋志異》充滿著狐仙妖異才在新中國之後被擠出了「大名」之列的，那麼到今天，我們面對古典和傳統是自豪傲然的，面對世界是敞然開放的，文化是自信包容的，就應該讓狐仙妖異重新回到「中國文化」的陣營裡。倒是如《水滸傳》動輒殺頭吃人肉，去往梁山做好漢的鋪陳和中國今日之狀與未來的籌謀不合拍。然把《水滸傳》從「大名」中拿去自然是不當中的大不當。無論如何說，《水滸傳》和《三國演義》的文學價值是不可抹殺的、無可替代的。更何況稍微明白的人，都當明瞭任何物事都必是時間籠筐中的物，多麼偉大的傑作都有其時代局限性，只是我們今天該如何去認識那種局限和價值吧。

·4·

《聊齋志異》和《西遊記》，是最可比的兩部書，而不是《聊齋》和《水滸》或《三國》。《西遊記》的成書大約為十六世紀下半葉，《聊齋志異》的成書時間約在十七世紀下半葉，這中間時差為百年。由此我們不得不感嘆吳承恩的想像力和對民間傳說的拿捏攏掇力，如果他沒有潛到神的裏屋偷看過神的日記或者拉開過神的私櫃和私屜，如何能有那樣的想像將民間的碎片流傳整合在一起。至今沒有任何學者對《西遊記》的偉大與經典產生過懷疑和質詢，它和《紅樓夢》一樣被讀者、學者近乎圓滿地叩首和崇信，至於在海外翻譯後，《西遊記》比其它古典名著更為受歡迎，那則是另外一樁因由了。

回到《聊齋志異》上來。為什麼胡適先生在排列「四大名著」時，寧將《儒林外史》分椅列位，而不將《聊齋志異》排序在其中，這與胡適那時大推中國白話而厭惡文言文是不無關係的。在中國的白話時代到來後，《聊齋志異》的語言形成了將其讀者導入故事的巨大障礙和門檻。就是時至今日來說，不借助古譯今的翻譯文，也很少有人能夠真正進入那樣的語言、故事和情景，很少有人願意花力氣去啃咬一塊文言凝結起來的銅鐵磚。今天的年輕人，對《聊齋志異》的故事之熟悉，不外乎：一是口耳相傳的少年痴迷的狐仙、鬼怪、殭屍之講述；二是被翻譯成現代漢語後的各種《聊齋志異》小說集；三是電影、電視、網路的改編和傳播。從這三個管道說，我們熟悉的都是「聊齋」的故事和梗概，而非這部偉大著作的全部血肉和細胞。一如古埃及的「木乃伊」、中國四川博物館「西漢女屍」，即便通過現代科技製作讓「它們」在電影、電視中重新「活」過來，我們看到的，也是「復活」的這一個，而非原本那一個。

在《聊齋志異》被改編、口傳的那些故事裡，蒲松齡對世間、人生的普遍的愛怨不在了；在他的生命時代裡，他對女性的讚美和局限也都失去了；對人世間的家庭、夫妻和子女等人文倫理的尊崇也很難被觸摸了。還有小說中有意無意、無處不在的鄉村景象及自然筆墨的美和詩意，那種密布在小說這兒一點、那兒一叢，集合起來卻是明晰普遍的「桃花源」的思想也被我們的改編、轉述丟棄得像甩掉一個空有錢褡子而無銀兩的破舊布袋一樣。

假設沒有《聊齋志異》在，我們覺得《西遊記》從宗教到人物，從故事到情節，從苦難到成功，從想像到精神，實在是由天間墜入人世的一個文學博物館，而那被摔得七零八落的非磚之磚，非石之石，非人之人，非僧之僧，以及妖異與怪魔，都被作家在這個重建的博物館中安排得各就其位，有章有法，宛若啟明星閃爍在天空。然而將《聊齋》與《西遊》放在一起時，我們會發現，《西遊記》中所有的人物與妖異，神魔與怪奇，都未免太過黑白分明了，如白天必有光，夜晚無非一團漆黑般。黑和白幾乎是決然不同的兩個陣營和世界，那中間互染、互暈的地方未免少了，或者太過空白了。美與醜，善與惡，好與壞，正義與邪行，在《西遊記》那兒近乎是井水不犯河水的，倘若一犯便必是殺打和死滅。

為什麼白骨精不能真的愛上唐僧呢？為什麼所有的妖異愛上唐僧都是

為了要吃唐僧肉，以求長生不老、永生不死呢？既然都已是精妖神怪了，那不是本來就相當、相當的長壽了，為什麼還對人的短暫生命充滿仇恨呢？這一點——非人類的妖異們，對人的愛和對人世生活之理解，倒是《聊齋志異》寫得更為充足和實在。天堂如此之美好，那兒的仙者卻還是渴念到四月的人間走一遭，期冀擁有男女之俗、之境、之美愛。一株牡丹花，占盡了人間的美豔和馨香，而最終還不如一夜男女情歡。地獄是恐怖的，可在地獄中的小鬼、大鬼、厲鬼、惡鬼和怯弱、善良的膽小鬼，都有一個共同的理願和目標，那就是歷盡酷刑和修煉，也要重生回到人間去。哪怕在地獄刑受百年水火，也願用這百年之苦換來人世的一天偷生。

人——是所有仙、道、妖、異、鬼、怪、花、木等百類萬物的中心和歸宿；人世庸常中的生之俗——魚肉和男女，富貴和歡樂，是所有人和非人共同的追求和嚮往，甚或是人與非人的信仰或圖騰。就這個層面言，《聊齋》寫盡了人世的苦難、黑暗、無奈和絕望，卻又寫盡了人和幾乎所有非人，無論人世多麼苦難和艱辛，他們依然不改對人的生活的嚮往和追求。因此《聊齋志異》這部巨著中，暗含而彰顯著作家對人類巨大悖論的思考，那就是人的美好是一切美好之最；而人的美好又被人類所毀滅、詛咒、侵害和玷汙。

是否可以這樣說，《西遊記》寫的是超越人的經驗之宗教與正邪；《聊齋志異》寫的是回歸人的經驗之世俗與生願，而同時它還是一部人類過去和未來的寓言書。在對人和人的世俗生活的認知上，《聊齋志異》有與《紅樓夢》一樣的寓言性和複雜性。在《紅樓夢》中，賈寶玉最後離家出走，讓世界落得個一片「白白茫茫真乾淨」。而在《聊齋志異》中，蒲松齡讓所有的妖異怪鬼都嚮往人和人類生活，可卻又同時寫出了人與人的不公、欺詐、盤剝和黑暗。社會制度和人性的惡，構成了人類現實的地獄和煉獄。蒲松齡〈遺懷〉詩中寫：「夜夜松風吹大壑，猶和冷雨到幽窗。」這和《紅樓夢》的「白茫茫一片真乾淨」的內心是何等的相近和相似，又是何等的苦痛、無奈，恰若寓言和預言。

·5·

回到我們的寫作上。

有人把語言當作小說的中心和重心，有人把人物當作文學靈魂之靈魂。然無論你將哪一扇門窗當作文學的進路或出口，但真實則是不爭的，是從入門到出口所必須的相遇和陪伴。一句話，真實是文學最普遍、最根本的來處、經過和目的地。也幾乎可以說，真實等同文學的初始和終極。可真實又到底是什麼呢？真實就是我們今天所奉行的那種可見可感的真實嗎？自現代文學後，我們基本認同的文學判斷標準是，文學的好壞、真假，一定和生活真實有對應關係。文學中的故事、情節與細節，在生活中會不會發生或者有沒有可能發生，成了所有寫作、閱讀、批評衡量真實的最有效和最便捷的繩尺和密碼。所以在我們的文學中，我們很難找到一部和生活完全沒有直接對應關係的作品來。以歷屆茅盾文學獎獲獎的小說論，讀者和論家評論它們的好壞優劣時，異口同聲地從某一歷史階段或某一層面的生活真實去論證。這構成了我們今天——當下文學天空的浩瀚和璀璨，成就了我們理解文學的豐富性和多樣性。然而將文學的這一「真實」視為文學的入口和終歸時，我們會在愣怔片刻後，驚怔地問自己，文學的真實就是這樣、就只有這樣嗎？

毫無疑問，文學還有第二、第三乃至更多的真實之存在。當然，我們也會老生常談地說出「生活的可能」那句話。我們沿著這個「可能」的思路往前走，可以看到中國文學在與歷史、生活經驗的對應上，走得幾乎沒有比《阿Q正傳》遠多少。甚至可以說，就真實這一點，我們至今都還沒有超越魯迅的文學真實觀。從現代文學到今天，我們很少有哪部面對現實世界的小說，在情節、細節、故事上超越了如十九世紀果戈里的《死魂靈》，愛倫．坡的《驚悚小說全集》，二十世紀福克納的《聲音與憤怒》和《我彌留之際》，卡繆的《鼠疫》，薩拉馬戈的《盲目》；還有我們熟悉的高汀的《蒼蠅王》，艾特瑪托夫的《白輪船》，徐四金的《香水》，圖尼埃的《禮拜五──太平洋上的靈薄獄》，歐威爾的《一九八四》和赫胥黎的《美麗新世界》等等，無論它們屬於怎樣的主義和創造，但都是在文學的整體上，去築造「可能性」，而不是修補與雕琢局部的某一情節和細節。這樣的作家和作品，在二十世紀的國外非常多，比如《尤利西斯》《追憶似水年華》那樣的浩瀚之大成，然而一直到今天，這種在整體思維上建構「可能性」的作品，在我們的寫作中卻是少有乃至罕見的。

在這兒，要討論的是在這些「可能性」的基礎上，小說還有沒有它的「不可能性」——也就是小說的「不真之真」吧。這兒的不真之真和巴爾加斯·尤沙說的「小說的謊言」不是一回事。尤沙說小說是一種「謊言中的真實」，我們中國作家也天天這樣講。請注意，既然你是在說小說是謊言，那麼你就要把謊言講得和真的一模一樣。和真的不一樣，就不稱其為謊言了。至少不是好謊言。這種文學的謊言說，事實上還是模仿生活真實的現實主義的拓寬寫作。而這裡說的「不真之真」，是建立在不真實、不可能基礎上的真實觀。

不真之真不模仿生活的真實和存在，它直截了當地告訴你一種「不真實」。

把話題扯得再遠些——小說從開始到今天，「真」與「不真」一直是藝術標準的核心問題。當然，在人類最初的文學中，真與不真，是建立在人類對世界認知的局限之上的。如人類最早的史詩《吉爾伽美什》和最早的《古希臘神話故事集》中的神包括宙斯與雅典娜，他們都住在與天相連的城堡裡。城堡的裡面是神，外邊就是人。這個寫作真實嗎？它是不是不真之真？我們再看古羅馬詩人奧維德的《變形記》，寫的仍然是神神鬼鬼的事——這也是我們最早文學中的真與不真。當然，現在我們不會說他們「不真實」，而說那是神話、寓言或傳說。然不要忘記，當時我們的祖先並不以為那是神話和傳說，而認為那就是他們的生活經驗和人類經驗，是他們最大的真實存在。在今天看來，事實上文學就是從「不真」之地走來的，而不僅僅是從我們可以體驗的真實走來的。我們再去想想但丁的《神曲》，也完全是建立在「不真」之上的，故事裡的地獄、煉獄和天堂，就是基於人們對世界有限認知的基礎上。《神曲》中的地獄是漏斗形，上面大，下面小，一層一層縮下去，再往下就到煉獄了。文學就是從這種「不真」慢慢走向我們認知、認為的真實。我們讀《一千零一夜》，故事幾乎都發生在不真與真的交錯中。那麼回到中國文學裡面來，我們最早的小說在今天看來也是「不真」的，比如從《搜神記》到《封神演義》、《西遊記》，再到《聊齋志異》和《紅樓夢》，很清晰的有一條自不真到真的寫作路徑在裡邊。中國文學和世界文學一樣，都是一路從不真走到了真。然後文學到《十日談》、《巨人傳》、《唐吉訶德》，再到十八、十九世紀，很少再有此前的「不真」了，至少不再是文學的主流、主導了。到了十九世紀，幾乎百分百的偉大小說都是現實主義的真實了。

可是到了二十世紀後，在那些偉大作家的小說寫作中，文學開始重新出現了「不真」和「不可能」。比如卡夫卡的《變形記》、〈在刑放地〉、〈木桶騎士〉、《飢餓藝術家》和舒茲的《鱷魚街》，埃梅的《穿牆人》和《變臉人》，胡安．魯佛的《佩德羅．巴拉莫》，波赫士的大量短篇和卡爾維諾的《看不見的城市》、《命運交織的城堡》、《樹上的男爵》、《如果在冬夜，一個旅人》等等。不真實的真實，幾乎是二十世紀寫作的主流或最重要的一股世界文學的強勁文脈。當然，我們把這股「不真的洪流」，冠以「現代」或者「後現代」的評論，從而和古典文學中的不真截然地區分開來了。而拉美小說的「不真」，又被冠以「魔幻」一詞和現代主義區分開來了。但就「不真」和「真實」言，拉美文學中的不真之真是最接近古典文學中的「不真之真」的。以胡安．魯佛的《佩德羅．巴拉莫》為例，一九八六年它在中國的譯名是《人鬼之間》。將《佩德羅．巴拉莫》和卡夫卡的作品比較時，你會發現，在卡夫卡的寫作中，他是以「不真」為基礎，將「絕對真實」的生活建立在「不可能」的真實上，這一點在《變形記》、《城堡》和《審判》尤為鮮明。故事都開始於「不真」，而一步步地走向最堅實的真實去。但是在《佩德羅．巴拉莫》這部小說中，它是在真實生活的基礎上，建立一種大不真。小說不到十萬字，寫了八十多個人物，每個人物和場景，都開始於真實，而又一步步地走向「不可能」和「大不真」。

關於「不真之真」，我希望自己隨後能寫出一些專門的文學隨筆來，但在此我想說的是，關於文學的靈魂「真實」，有著多層次的境地和層面。而我們的小說，今天僅僅是在一個或一個半的真實層面上停滯和打轉，連完整、徹底地突破「可能」這一點的寫作都還少見或尚未出現。在當代文學中，我們很少有一部作品超越了「生活之真」而到完全的「可能之真」上，更不要說那種「不可確定之真實」與「不真之真」了。

・6・

在「不可確定之真實」和「不真之真」上，中國古典文學是不遜於世界古典文學的。《山海經》、《搜神記》、《西遊記》、《封神榜》與《聊齋志異》——當然，最通俗的方法是把這些作品當作神話、志怪、妖巫文化去理解。這樣簡單、安全、更易被接受，但當我們把這種通俗之法納入「真實」這一文學範疇去開章另說，將文學的靈魂——真實——有序地起層分界為：與生活對應之真實↓超越生活的可能之真實↓超越可能性的不可確定之真實↓絕對不真之真實——去理解時，我們看到了卡夫卡的不真之真，是和古典神話的不真之真迴圈複合在同一點。現代的不真之真和古典神話的不真之真，有著巨大的相似性。

兒童玩具的「萬花筒」，是最可說明文學之要的。那個小小的萬花筒，你每一旋轉觀看，都會出現一個新景象和新世界。而文學——真實與神話，真實與非真實，也正是這樣一個萬花筒，只要我們稍一顛倒和旋轉，古今的真實、神話、物事、世界以及意象和意義，就開始重新變化和組合，就會有一個新的真實和世界。為什麼要把神話、傳說當作神話、傳說看？為什麼不可以重新把神話、傳說當作真實看？為什麼真實不是神話和傳說呢？不是所有曾經的神話都是那個時代的真實嗎？所有的傳說在屬於它的時間和經驗中，都是生活之真嗎？如此說，二十世紀文學中的「不真之真」，不也都是「新神話」和「現代神話」嗎？那麼《聊齋志異》為什麼不能成為我們今天的現實之真、現實之神話呢？在文學的真實境層上——生活之真實、可能之真實、不可確定之真實、絕對不真之真實，它們既確立了文學真實的多樣與邊界，也說明了文學真實的無邊界。當我們發現——我認同我們今天的寫作——幾乎全部的寫作，都是停滯在生活之真和可能之真時，重新去認識真實，我們確真再一次發現《聊齋志異》的偉大了，發現了它在可能之真實、不確定之真實和絕對不真之真的不凡、豐沛和多樣，為我們這當下短篇、中篇、長篇的虛構寫作，提供了太多的勾連、路線及可能踏橋而過的彼岸圖。

第二講

狐狸到人間的路

・7・

沿著「真實」這一路徑走下去，從生活真實，到不真之真上，不得不說小說永遠都是經驗的孤兒。而經驗——好與壞、美與醜、善與惡，都是因著「這些」而成「這樣」的。當我們為漲溢出生活流道的突鼓或塌陷的荒謬經驗深感苦痛、煩惱時，文學產生了。文學為經驗而存在。文學更為對經驗的不解與荒謬而存在。文學的最初就是為「有」和「看不見的有」而創造存在的。有神而看不見神，我們去創造神；有妖而看不見妖，我們去創造妖。文學說到底是為人的「無能為力」而產生。《吉爾伽美什》寫的不純粹是人類有什麼，而是古代巴比倫和美索不達米亞那裡的人們還想要有什麼。在之後千年的文學河道上，文學都是為人類還想有什麼孕育的。只是到後來，文學才轉移到了人類有什麼，文學才有什麼的軌道上。

·8·

人類最早的物質生活自然是吃飯活著這件事。

人類最早的精神生活，先祖留給我們的證據就是岩畫上的圖騰崇拜了。而狐狸的圖騰與崇拜，最早出現於史前岩畫。中國社科院創新工程學術出版資助專案中，有一本《狐狸的詩學》，對狐狸圖騰象徵的誕生有著清晰、細緻的研究和說明。這部卓爾有趣的專著說：

狐岩畫是史前岩畫的常見主題。現今（在世界）各大洲均有發現，刻磨時間約在舊石器、新石器、青銅時代不等。在我國，阿爾泰山、天山、昆侖山、賀蘭山、陰山、內蒙古草原等地，都發現了以狐為對象的岩畫。在歐洲，狩獵時代的很多原始部落，主要以哺乳動物作為他們的刻畫磨刻的主題，其中就包括狐。[1]

1 李正學：《狐狸的詩學》，中國社會科學院出版社，二〇一四年。

在古希臘的神話中，狐狸作為神示已經出現在文學故事中了。《伊索寓言》共有兩三百篇，以狐狸為主角的故事就有二十九篇。從這個篇數而言，可說狐狸是這部人類寓言傑作的第一主角了。《狐狸的詩學》研究介紹說：從歐洲的中世紀到文藝復興期，延續著《伊索寓言》中狐狸的智慧和血液，法國有了動物敘事的主角列那狐，德國有了這個敘事主角萊涅克狐，英國和俄羅斯，則有了動物敘事中的寓言狐。沿著這條「狐線」去尋跡，在《伊索寓言》後，十二世紀法國的教士尼瓦爾都斯寫出了第一部狐作《列那爾都斯狐》，借此法國北部的遊吟詩人們，寫出了《列那狐故事》、《新列那狐》、《冒牌列那狐》等。約在一一八〇年，德國作家亨利弗寫出了《萊因哈特狐》，七十年後的一二五〇年，詩人維列姆寫成《列那狐》，一七九三年，歌德以此為藍本，改譯為敘事長詩《萊涅克狐》，自此智慧的象徵出現了，且在世界文學中，似乎一種語言、一個民族的文學中沒有狐狸就不稱其為文學一樣。詩歌、寓言、傳說、故事和後來成熟了的小說，美、善、惡、詐、智及冤怨和仇恨，都被狐狸這一形象所囊括、所替代、所喻寓和代表。從歐美到亞洲，自歌德、盧梭、列夫·

托爾斯泰到馬克·吐溫，無不曾以狐狸為思考的對象，起筆，留下了自己的文字和藝術。而此後，狐狸便從遠古走到今天來，走至現代來，像一個久遠長生的人，在時間中變幻著各種形象和面具，然而那個與人共舞的生命卻是活的，永恆的，如山脈、河流一樣亙古地在時間中矗立著、流淌著。

·9·

一個有趣而值得思考的問題是，狐狸在兩千多年的歐洲文學中，百變幻化都是狐，而在中國文學中，狐狸一出現就是「人」了。屈原在《楚辭·天問》中寫到：「禹之力獻功，降省下土四方。焉得彼嵞山女，而通之於台桑？」原來大禹治水，道娶塗山之女，而通夫婦之道於台桑之地。此處說的塗山女，雖是傳說中的九尾狐，但一進入詩人的寫作就已經成了「人」。

中國最早的小說集《搜神記》，有九篇關於狐狸的寫作。在這九篇小說中，這些狐狸多已不再是動物或神，它們已經成為了人或半人了。其中除了〈劉伯祖與狸神〉、〈宋大賢殺狐〉中的神狐狸或鬼狐狸，還和人保持著互動、善惡的關係外，餘皆如〈吳興老狸〉、〈句容狸婢〉、〈山魅阿紫〉等篇什，狐狸都已是人，並和人的生活互動著。在中國的古典文學中，生於河南新蔡的干寶是絕然偉岸的。一部《搜神記》，如同經典種子般，後來中國文學的偉大。關漢卿的不朽戲劇《竇娥冤》，正源自《搜神記》中〈東海孝婦〉的故事。魯迅的《故事新編》倘若其中沒有〈鑄劍〉篇，不知那本書的藝術價值會減多少。而〈鑄劍〉，也正源於干寶的〈三王墓〉。今天所有中國人寄望於美好愛情的相思樹和相思鳥，也都源於干寶的〈相思樹〉。

再將話題扯得遠一些。在〈東海孝婦〉的故事中，有一細節大約都被我們世世代代的閱讀疏忽了。東漢時，東海郡有位極其孝順的兒媳叫周青，她的婆婆生病十餘年，周青床前侍奉，備加孝順。然她的婆婆已知生命無多，不願再給兒媳加增累贅，空留困苦，因此也就悄然自殺了。兒媳周青自然是痛苦不堪，哭天喚地，淒淒楚楚。然而在婆婆入葬後，婆婆的女兒回來了，懷疑是周青不孝，懼煩怕累，謀殺了婆婆又匆匆將婆婆葬埋了，於是女兒怒衝衝告到了官府去。官府接狀立案，拘了周青，並在獄中嚴刑拷打。周青既沒有婆婆自殺之證據，又受不了獄中的酷刑和羞辱，最後只得苦打成招，承認是自己不孝把婆婆殺害了。殺人償命，這是中國自古之法理。在周青償命服刑那一天，刑車上豎著十丈長的竹竿，懸掛著五彩幡旗，其刑車所到之處，路人觀者，成群結隊，這時周青在刑車上大喚道：「我周青如果不孝有罪，謀殺婆婆，那我情願一死。如果我周青是冤枉被殺，我死後血會從我的脖子流出來，沿著這旗杆倒流到旗杆的頂上去。」

是否冤枉，周青讓觀者到時都看那倒流的血。

就這樣，周青被帶到刑場砍頭了。「既行刑已，其血青黃，緣旛竹而上，極標，又緣旛而下云。」就是說，周青被砍頭之後，那血從刀下脖間流出來，流至刑場邊的刑車旁，又爬上刑車，順著旗杆從下朝上流。嘩嘩啦啦，流到旗杆的頂上，又順著旗幡流下來。

大家請注意，我們來到被人談論過多，談到讓人煩言煩聽的那部小說《百年孤寂》中：

荷西．阿爾卡迪歐剛關上門，驀地一聲槍響震動了整幢房子。一股鮮血從門下流出，流過客廳，流出家門淌到街上，在高低不平的人行道上一直向前流，流下臺階，漫上石欄，沿著土耳其人大街流去，先向左，再向右拐了個彎，接著朝著布恩地亞家拐了一個直角，從關閉的門下流進去，為了不弄髒地毯，就挨著牆角，穿過會客廳，又穿過一間屋，劃了一個大弧線繞過了飯桌，急急地穿過海棠花長廊，從正在給奧雷里亞諾．荷西上算術課的阿瑪蘭塔的椅子下偷偷流過，滲進穀倉，最後流到廚房裡，那兒烏蘇拉正預備打三十六隻雞蛋做麵包。

這是馬奎斯筆下的一段神奇的文字。荷西．阿爾卡迪歐被打死了，他的血可以左拐、右拐，上流、下流，九曲十八彎地穿過大街、客廳、人行道，爬上石欄，登上臺階，最後到似乎有千里之外的布思地亞家。由此想來，這段遠自拉美的現代寫作，和中國一千六百年前寫出〈東海孝婦〉的干寶筆下的血漿逆流的描述是何等相似哦。「既行刑已，其血青黃，緣旛竹而上，極標，又緣旛而下。」那麼把這段古文翻譯（重寫）成如下的文字會是什麼樣？

周青跪在刑場上。刑車停有幾十丈的遠。劊子手的刀落在周青的脖上時，周青一直看著刑車上的旗幡和圍觀的人。刀終於風樣從她的脖間刮過去。血從周青的脖子濺著流出來，不是紅色而是青黃色，呈著一汪在地上灘了一會兒，慢慢沿著周青的目光朝著刑車那兒流過去。刑場上是沙土地，血流過去響出沙吸水的吱吱聲。遇到一個小土堆，那血流拐了一個彎。遇到幾個鵝卵石，那血從石頭上翻過去，又遇到一蓬秋草時，那血在低窪的草間停下來，直到把低窪之處變成一攤兒湖，又開始叮叮噹噹地響著朝刑車那兒走。血就到了刑車下，為了找到車輪爬上去，那青黃色的血流在車旁流出一個S形。找到車輪子，那血沿著木輪的撐子朝上流，又從車廂的底縫滲過去，到車前旗杆的底角歇了一會兒，聚了一把力，開始快速地從旗杆和根邊繼續朝上流淌著，像一條蛇彎來彎去朝上爬。然後就爬流到旗杆最高的地方了，又開始朝旗的幡布上浸著流淌著，直到把整個旗幡全都染濕浸透後，那血順著幡布的下沿滴滴嗒嗒雨樣落下來。

周青的頭被砍掉之後身子是一直跪在那兒的，這時她看到血到旗頂又落下時，她的身子倒下了。那落在她身邊的頭上的眼，也對著刑車那邊閉上了。

這段敘述當然更像馬奎斯那段文字的敘述和描寫，可又哪兒不是干寶那奇異想像的翻譯和擴展？我們當然不能說，馬奎斯是讀到了干寶的文字才茅塞頓開，寫出了那段人死後血會九曲十八彎地流到它希望去的那地方，而是說，文學中一切現代的敘述，許多時候它的種子是在一千、兩千年前的古典文學中早已埋下。偉大的寫作，不僅在它對它所處的當下寫下了怎樣的實照和憑據，更在於它對未來寫下了什麼、埋了怎樣藝術的種子和根圃。

在《伊利亞特》的第十四卷，宙斯慾火中燒，急於和赫拉睡覺，於是他就布下一團金霧，罩住他和赫拉開始做愛，而這時他們的身下，「神聖的土地催發出鮮嫩、蔥綠的芳草，有藏紅花、風信子和掛著露珠的三葉草，厚實鬆軟，把神體托離堅實的泥面」。仍然是在《百年孤寂》中，奧雷里亞諾第二和他的姘婦佩特拉．科特無節制地做愛，致使「他的母馬一胎下三駒，他的母雞一天下兩個蛋，肉豬長起膘來簡直沒個了時，以致大家都認為，要不是魔法，怎麼能解釋這種毫無節制的繁殖」。因為奧雷里亞諾知道這無節制的繁殖，都源於他與姘婦無節制的性愛，所以，「他只需把佩特拉．科特帶到他的養殖場去，讓她騎著馬在他的土地上兜一圈，就足以讓所有烙上了他印記的動物無可挽救地陷於瘋狂繁殖的災難中。」

依然不能說馬奎斯的這個情節，與荷馬在《伊利亞特》中的詩述有任何聯繫。但這西元前八世紀左右，因性慾在古希臘的土地上催生了茂盛的芳草野花，和兩千多年後的西元一九六七年，在哥倫比亞的土地上，因性慾催生的豬馬和牛羊，再次證明著古典文學的偉大，它在不被人注意的地方，為今天的我們，深埋著具有現代啟示意義的種子。閱讀和研究《聊齋志異》的意義，除了讓我們對神祕、神奇有所了解、領略和發現，還在於這部中國古典的短篇傑作中，深埋著對現代寫作的啟示和洞開門庭的鑰匙。

・10・

坐下來，慢慢打開《聊齋志異》這部浩瀚的巨著來。

蒲松齡在其自序中說他「才非干寶，雅愛搜神；情類黃州（蘇軾），喜人談鬼。」由此我們便知干寶的《搜神記》對蒲松齡的影響和示範。但當真正將《聊齋志異》和《搜神記》分放在兩個膝蓋上同時閱讀比較時，我們發現《搜神記》是中國短篇小說的第一座山，而《聊齋志異》是又一座更高的山。回到「狐狸到人間的路」上來。回到狐狸在歐洲文學中兩千多年仍為狐，而在中國文學中一經出現就為人上來，《搜神記》中的九篇狐小說，第一篇〈董仲舒戲老狸〉的全文是：

董仲舒下帷講誦，有客來詣，舒知其非常。客又云：「欲雨。」舒戲之曰：「巢居知風，穴居知雨。卿非狐狸，則是鼷鼠。」客遂化為老狸。

譯文為：

董仲舒教書講經誦讀，有一位客人來拜訪，董仲舒知道他不同尋常。客人又說：「要下雨了。」董仲舒開玩笑說：「住在鳥巢裡的知道颳不颳風，住在洞穴裡的知道下不下雨。你不是狐狸，就是鼷鼠。」客人於是變成了一隻老狐狸。

小說完了。

真的完了。

就這麼短。

今天看這則故事更像是一件事情或一個場景，而非一篇小說，但這就是我們中文寫作在東晉時留下的現代小說微而飽滿的種。《搜神記》毫無爭議地被視為中國古典文學的第一部文言志怪短篇小說集，據此我們也可以視〈董仲舒戲老狸〉為中國狐狸走進文學的第一個短篇吧。在這個短篇裡，西漢早期儒學思想家董仲舒的風趣、雅然形象不重要，重要的是狐狸在文學中一經出現就成了人，而不是以動物狐狸的形貌走進童話、寓言和小說裡。

這是開天闢地的一件事。

在文學中動物不是動物而成了人，僅就這一點，我們的目光就該回望一千六百年，對那個河南新蔡的作家投以敬慕和崇摯。西元前六世紀的伊索讓動物們走進了文學的大門，狐狸、青蛙、兔子、烏龜、羊和狼，象和蛇，它們帶著動物的本性和人性，從伊索建造的寓言門扉裡，登上了文學永恆的舞臺。待時間過了近千年，是中國的干寶讓那些本為動物的狐狸們，在文學中豁然成了人。又過了一千多年，人——倒在文學中又成為動物了。「一天早餐，葛雷高．薩姆沙從不安的睡夢中醒來，發現自己躺在床上變成了一隻巨大的甲蟲。」原來進化的動物走進文學要用數萬年，乃至十萬年，而由動物在文學中成人要用上千年，之後讓人成為動物又要一千年。時間好像是加速度，而其中的每一個環節都如一次地震和地殼運動對文學重組。伊索是那個把動物引入人群的人。卡夫卡是把人又現代返祖推向動物的人。而中間的那個不為人類讀者全部認知的干寶，無論如何，是他在中國文學中，天才地讓動物（狐狸）成為了人。「有客來詣，舒知其非常。」就這麼，動物成人而到人間了。而人（董仲舒）是知道此人是非人的。那麼後來呢？在〈張華擒狐魅〉中，「於時燕昭王墓前有一斑狐，積年，能力變幻。乃變作一書生，欲詣張公。」（那時候燕昭王墓前有一隻毛色斑駁的狐狸，年歲很久，能夠變化，它就變成了一名書生，想去拜見張華。）在〈吳興老狸〉中，「晉時，吳興一人有二男，田中作時，嘗見父親罵詈趕打之。」（晉朝時候，吳興郡有個人有兩個兒子，兒子在田裡幹活時，經常看見父親來打罵他們。）這裡的「父親」即狐狸。狐狸就這麼成為那兩個兒子的父親了。「師遂作人聲，父即成大狐狸，入床下，遂擒殺之。」（於是法師念著咒語進屋，父親立刻成了一隻大狐狸，鑽到床下去，便把它捉殺了。）如此狐狸現出原形死掉了。在之後關於狐狸的篇章裡，無論是充滿趣味、人性的〈劉伯祖與狸神〉，還是化鬼狐為女身的〈山魅阿紫〉，在「狐狸到人間」的道路上，要麼是狐狸化為怪魅走進人世的，要麼是我們看見它時它已經是了人，只是到了故事的後來，它們被詛咒或刀砍，又由人成為狐狸時，我們——這些人——才知道它們原來是狐狸。

總之，是干寶和他的《搜神記》，為動物開墾了屬於它們的人世土壤和園地，為更成熟、偉大的文學的到來，埋下了一片飽滿的種子和根鬚，如同將一座大廈築夯下了根基一樣。

· 11 ·

《搜神記》之後過了上千年，《聊齋志異》問世了。

自此狐狸到人間的路，才真正走完，並踏入一個殿堂中。如果在《搜神記》中狐狸雖然成了人，但終歸還是狐狸的話，那麼是《聊齋》使狐狸真正成了有靈魂的「人」——善的、惡的、美的、醜的、哀怨的和憂傷的，男性、女性、老人、孩子，乃至於同性戀或者雙性戀，學富五車者或鄉柴村草者，一部聊齋可謂一部狐鬼大觀園的人性百科志。閱讀《搜神記》，如同參觀鬼巫異怪的後世博物館，所有的標本都呈著原貌在玻璃櫃中如生如死地展覽著；閱讀《聊齋》則如走進一處巨大無邊的狐妖志怪的生命國。蒲松齡給了鬼魅以呼吸，哪怕它們是惡的，也是帶著自有的血肉活在人世間。他給狐狸以靈魂，讓它們從博物館那穿戴齊整、面色堂亮的蠟物走出來，在村舍、在城裡、在田野、在學堂，都擁抱著自己的靈魂在活著，七情六欲，柴米油鹽，生老病死，歡樂哭啼。人所擁有的，喜怒、欲望、善惡和惆悵，它們都有，且許多時候比人更豐富。《伊索寓言》讓動物成為了文學，《搜神記》讓它們在文學中成了簡單的人。而《聊齋》，則讓動物（狐狸）成了有靈魂的人，為今天的寫作隱伏埋藏了現代的土壤和種子。

·12·

《聊齋志異》的成書和生命路徑，源自兩個流域裡的漂載。一域為抄本，一域為印本。在這兩域的各種版本中，因為作家「聞則命筆」，「所見所聞，輒為筆記」，每一篇章，多不記明寫作時間。據章培恆《《聊齋志異》寫作年代考》[2]的比較與研究，其排序雖有錯置顛倒，但大體都還是符合寫作順序、蒲松齡晚年對《聊齋》的編排。如此在《聊齋》的四百九十一個短篇中，〈捉狐〉就是八十二篇有關狐狸寫作中的首篇了。

·13·

捉狐

孫翁者，余姻家清服之伯父也，素有膽。一日，晝臥，彷彿有物登床，遂覺身搖搖如駕雲霧。竊意無乃魘狐耶？微窺之，物大如貓，黃毛而碧嘴，自足邊來。蠕蠕伏行，如恐翁寤。逡巡附體：著足，足痿；著股，股耎。甫及腹，翁驟起，按而捉之，握其項。物鳴，急莫能脫。翁亟呼夫人，以帶縶其腰。乃執帶之兩端，笑曰：「聞汝善化，今注目在此，看作如何化法。」言次，物忽縮其腹，細如管，幾脫去。翁大愕，急力縛之。則又鼓其腹，粗於碗，堅不可下。力稍懈，又縮之。翁恐其脫，命夫人急殺之。夫人張惶四顧，不知刀之所在。翁左顧示以處。比回首，則帶在手如環然，物已渺矣。

譯文為：

有位孫姓的老翁，是我的親家清服的伯父，向來有膽量。有一天，他白天躺在床上歇息，突然感到好像有個什麼東西爬上了床，於是覺得身體搖搖晃晃地像是騰雲駕霧一般。他暗想，是不是遇上了作怪的狐狸精？偷偷一看，有個和貓一般大的東西，黃毛綠嘴，正從他腳邊蠕動著慢慢往前爬，好像是怕把他驚醒似的。那東西小心翼翼地爬上

---

2 見《蒲松齡研究集刊》第一輯，齊魯書社，一九八〇年。

了他的身體，碰著他的腳，腳就發麻，碰著他的大腿，大腿就發軟。等到剛爬到他的肚子，孫老翁突然坐起來，用手一按抓住了它，緊握住了它的脖子。那東西急聲嘶鳴，一時間卻無法掙脫。孫老翁急忙叫來老伴，用帶子捆住它的腰。於是，他用手抓牢帶子的兩端，笑著說：「聽說你善於變化，現在我盯著你，看你怎麼變。」他話音剛落，那東西忽然緊縮起了肚子，把肚子縮得像個細管子，差一點兒逃出去。孫老翁大吃一驚，急忙用力捆緊它。這時，它又把肚子鼓起來，肚子變得有碗口那麼粗，十分堅硬，帶子根本勒不進去。孫老翁稍有鬆懈，那東西又是一縮。孫老翁怕它逃掉，就叫老伴趕緊殺了它。老伴慌慌忙忙地四處亂看，不知道刀放在什麼地方。孫老翁把臉轉向左邊，示意放刀的地方。等到他回過頭來，卻見帶子像個空環兒一般攥在手中，那東西已經無影無蹤了。

單就〈捉狐〉論，這個短篇更近中國的散文、筆記之章法，一個場景，一個片段，讀來有風有雨，有聲有色，把狐狸的形體多變描寫到栩栩如生，宛若一段影片的畫面靈動舒展地呈現在面前。然而將其放在八十二篇狐狸小說的首篇去論時，〈捉狐〉就卓而不凡、有著開篇啟鎖的意義了。「一日，晝臥，彷彿有物登床，遂覺身搖搖如駕雲霧。竊意無乃魘狐耶？」「魘狐」一意，可做兩種意解，一是在北方民間，人在夢中感到胸悶氣短，呼吸急促，會認為是狐狸在作怪，所以稱這狐狸為「魘狐」。二是所謂「魘狐」，就是夢魘中的狐狸。無論此處的「魘狐」為哪一種，都與「晝臥」中的夢有關。那麼這則〈捉狐〉是寫了一場夢中的捉狐故事嗎？還是人睡著時，真的有狐狸上了床？無論是夢還是真狐狸，蒲先生都把這狐狸的善變化、能伸縮，寫到了靈透且極致，彌補了《搜神記》中所有寫到狐狸都是它「已經」成了一個人而省略了過往，為其後所有的「狐變」提供了讀者心理接受的可能與橋梁，讓我們看見、親歷、觸摸到了那個所有「從動物到人」過程中的「不見」的「見」。從而不僅從文化（心理）上使人感到了「狐人」之真實，也從物質（生理）上感到了狐變的可能性。

一句話，〈捉狐〉寫的是夢中捉狐的過程，然卻又把這夢中的過程，寫得細如微纖，活如確真，從而完成了一種現代小說真實觀中「不可確定的真實」，為其後所有如〈狐嫁女〉、〈嬌娜〉、〈青鳳〉、〈王成〉、〈蓮香〉、〈鴉頭〉、〈胡四娘〉、〈嬰寧〉這樣的「人的靈魂狐」，打開了通道和門扉，為讀者完成了文化（心理）真實之外的、讀者更在意的物質（生理）真實的可能性。

當然，將〈捉狐〉作為《聊齋志異》中狐篇小說的第一篇，而將〈狐嫁女〉作為第二篇，無論是蒲松齡的無意之書寫，還是後來編排者的有意之列排，都為讀者修築了登堂入室的閱讀臺階和通道，使人可以輕輕鬆鬆、會心一笑地相信狐狸不僅至人間，而且還和人一樣。而〈捉狐〉中的狐，雖還不是人，但夢中的寫實主義筆墨的狐狸，其伸縮與多變，讓接下來〈狐嫁女〉中的狐人顯得可親並可信，絲毫沒有違和性和虛假感。

在〈狐嫁女〉這個短篇傑作中，狐狸的家族不僅成為了人，而且其習俗、風物和秩序，與北方鄉村人家嫁女接婿之過程完全相同。這種維妙維肖的神筆書寫，完成的不僅是對鄉村文化的鋪排和物照，更是狐狸為人的真實性之範例和舉證。

·14·

由動物到人，再由人而動物，這是世界文學大河中最為奇妙的一脈流溪的輪迴和接應。《變形記》的不凡，不僅是卡夫卡那麼篤定、無緣由地寫了「一天早晨，葛雷高·薩姆沙從不安的睡夢中變成了一隻巨大的甲蟲」，而且是在這「一變」後，作家完全拋棄了這個篤定的「浪漫」和「傳奇」，回歸到了寫實主義——現實主義的「家長和裡短」，開始了所有「現實」中父親、母親、妹妹、房客和公司人員等面對這個「已經成了蟲的人」的最具體實在的、「生活真實」的描述和再現。不僅寫了人與人之間不可暖化的冷，而且證實了「人至動物」的現代性的真。

而在布魯諾·舒茲的寫作裡：

> 從這個石斧般堅硬的側面望過去，這只禿鷲活像我父親的一位兄長。他們倆似乎是用同一種材料做成的，同樣緊繃的肌腱，同樣皺巴巴和粗糙的肌膚，同樣乾癟而瘦骨嶙峋的臉頰和多角質的深陷的眼窩。就是他們厚實的大手也一樣，父親粗壯的指關節和蜷曲的指甲與

禿鷲的利爪極其相似。當我盯著那只睡著的禿鷲，給我的印象就像在看一具木乃伊——因脫水而日漸縮小的我父親日後的木乃伊形象。

每次閱讀舒茲的小說，都是一次驚心動魄的旅行。父親在那些短篇中接連地出現，正是一步步由人變成動物或昆蟲的推進。在〈鳥〉中，父親即將成為一隻禿鷲，而到了〈肉桂色鋪子〉，他就直接成為一隻蟑螂了：

> 他（父親）接連失蹤了好幾個星期，生活在蟑螂的世界裡。我們再也認不出他。他已經融入了那個神祕的黑色團夥。誰知道他是生活在地板之間的裂縫裡，還是在深夜穿過房間捲入蟑螂的紛爭，或者早已變成了死蟲中的一分子，肚皮朝天，把腿伸向空中，阿德拉每天早上都會厭惡地把它們丟進垃圾堆，然後燒掉。

禿鷲、蟑螂、蝙蝠、梁蛇，這些昆蟲和動物，都是父親「這個人」的去處和終點。

他嘴巴朝下伏倒在爛泥裡，儘管死命地掙扎，依然不能站起，因為有一張巨大的翅膀妨礙著他的行動。……那對禿鷲似的巨大翅膀，十分骯髒，已經脫掉了一半羽毛，這時一動不動地擱在汙水裡。

沿著二十世紀最具現代意義的小說往回走，我們看到了現代寫作與古典文學的勾連，發現在現代主義的一脈傳奇變幻的寫作中，正是古典文學中的傳奇、浪漫的延伸或返祖。父親這一形象貫徹在舒茲的整個寫作過程中，而這一過程，完全就是由人回到動物、昆蟲或鳥雀的非人的過程，相反，蒲松齡筆下全部的狐狸、鬼魅、植物、鳥雀，都是由非人走向人的過程。「巨翅老人」一出場，那「脫掉了一半羽毛」的翅膀「已經」長在他的身上了，老人其實已經「不是人」。即便是卡爾維諾的名作《樹上的男爵》的主人翁柯西謨，十二歲就爬在樹上像動物、鳥雀一樣生活到六十五歲，借助路過的熱氣球而「飛走」消失了，其最終沒有成為動物、鳥雀和昆蟲，也還是朝非人的方向成長和衰老。人類的古典小說在走過漫長的演變後，讓非人成為了人，興盛在十九世紀的現實主義又竭盡全力讓人成為人——守住人的生活和精神，是現實主義的全部努力和靈魂。然而到了二十世紀後，那些為人和世界深感焦慮的作家們，則輕而易舉地又讓人成為非人了。這是一個文學輪迴。當文學完成了這個非人——人——再非人的輪迴後，二十一世紀的文學往哪裡去，最根本的路道是什麼，則是另外的問題了。然而當我們發現在文學的森林中，隱藏著這樣一條輪迴的小徑時，《聊齋志異》不同於《紅樓夢》、《金瓶梅》、《三國演義》和《水滸傳》的隱祕，也就如帷幔一般徐徐展開了，如同一池深水被抽乾後，在池底露出了一層一片、當下人們急用急需的亮光珍珠般。

第三講

狐狸的「人生」之真

・15・

無論是被語言送到了人間，還是穿過文化、思想或作家搭建的浪漫橋梁旅行至人間，總之就這樣，在中國文學中，遠古的狐狸一出現就是「人」並來到人間了。重要的不僅是狐狸作為人到了人間來，而且是我們「相信」狐狸是人且確實到了人間來。

有一對夫妻去購物，他們買了很多綢緞、香粉、盤子、碗筷和米麵。當他們抱著這些東西離開商鋪時，一個服務員驚得對另外一個大聲喚：「天——這是我家鄰居住的那對狐狸啊。」那個商員慌忙跑到鋪外追著看，看見那對夫妻已經不見了。她把那對夫妻給的銀票對著日光瞅了瞅，發現那銀票是真的，回到店裡重新檢查自己動過的貨櫃子，除了賣出去的東西其他一件都不少。

這個店員對另外一個認真說：「原來狐狸真的也是人！」

這個故事還可以這樣講：

有一對夫妻結婚後，他的妻子把孩子生下來，自己終因難產失血過多死掉了。父親總是抱著孩子到各家找奶吃。那些給孩子餵奶的婦人最初總是問：「他娘真的是只狐狸精？」父親說：「你看這孩子長得多像我。」然後為了感謝那些給孩子餵奶的婦人們，他總把幾文銅錢放在人家桌子上。婦人們就不再問孩子娘的事情了，端詳著孩子的臉盤看，紅潤而正圓，兩隻眼亮得如晶石一模樣，抱在懷裡沉甸甸地往下墜，哭起來像音樂一模樣，笑起來也像音樂一模樣。

後來他再去找那些婦人餵奶時，再往人家的桌角放銅錢，那些婦人都用冷眼盯著他。再後來，這吃百家奶的孩子長大了，聰慧俊朗，讀書又強記生輝，那些婦人就想起自己曾經給他餵過奶，曾經做過他的奶媽子，已經不記得他是狐狸所生了，且自家的女兒也長高長大了，思忖著能嫁給他該是一樁好姻緣。

兩個並不十分出色的狐故事，前者亦真亦幻，始終把真和幻保留在故事中；而後者，則力求把幻排出去，讓讀者忘了幻，只抱住真實（現實）之存在。乃至到最後，讀者忘了狐幻曾經存在過，以為這整個故事都是現實主義的，所以希望自家的女兒和他結為一對好姻緣——這是現代小說在超現實寫作中最常用、最有效的方法了。然它多麼有效、多麼現代或者後現代，沒有前者的「原來狐狸也是人」，也就沒有後者早就相信狐狸是人了，沒有後者的現代之派生。

·16·

一天晚上，他（迪蒂約爾）正準備走出他那單身套間的過道時，突然停了電，他在黑暗中摸索了一陣，當供電恢復時，他發覺自己已經來到了樓梯的平臺上。由於他的房門仍鎖著，因此，這事引起了他的深思。他不顧理智的勸阻，決心再像方才那樣穿牆過壁回到自己的套

間裡。他成功了……[1]

他（布魯姆菲爾德）來到樓上，站在他的房門口，從口袋裡摸鑰匙，這時房間裡傳出來一陣響聲，引起了他的注意。那是一種古怪的吧噠吧噠的聲音……他急忙打開房門，扭開檯燈。萬沒想到他看到的竟是這樣一幅景象。這簡直是變魔術。兩個白底藍條紋小賽璐珞球在鑲木地板上交替著跳上跳下；一個球著地上，另一個就在高處，它們不知疲倦地玩著這樣的遊戲。[2]

從中國的古典到歐洲的現代寫作，從東到西、自古至今的一個共同的問題是，這樣的寫作真實嗎？在文學故事中，讀者作為真實的判官並以經驗作為真實的度量衡時，作家不應該是真實經驗的捕捉者和創造者嗎？通

1　〔法〕馬歇爾．埃梅：《穿牆人》。
2　〔奧〕卡夫卡：《老光棍布魯姆菲爾德》。

過自己或他人及想像，創造或復原出某種經驗的真實，難道不是與讀者的體悟有著高度契合的文學才為真實嗎？難道不是契合度與真實成正比，契合度越高越真實，反之則相反？

如上之寫作，我們讀到的不是真實的證據有哪些，而是作為讀者的我們，被作家強加的——事情就這樣，信與不信，事情已經是這樣了。原來，文學中的「不真之真」並非起源於二十世紀文學的現代性，而是從古到今都在文學的來處和去處，都有一條從未間斷的「不真之真」的路，只不過在一個時代它寬如廣場（如古代文學），在另外一個時代又隱如林徑（如十九世紀）。無論寬廣還是細小，這些不真之真的共同特徵是，從語言到情節和細節，都對讀者有其巨大、巨大的侵略性和強加性。這種巨大的侵略性和強加性，一如《聖經》：「神說要有光，也就有了光。神看光是好的，就把光暗分開了。」作為文學的《聖經》，對讀者開了這個強加的先河。因為宗教，我們相信了「神說要有光，也就有了光。」而《聖經》作為宗教的文學，我們接受（相信）了它的不真之真也是一種真。

接下來，一連串的問題發生了。

但丁說「地獄是個漏斗形」，我們不僅相信了確實有地獄，而且也相信了他說的那個地獄是個漏斗形。賽萬提斯說唐吉訶德去大戰風車時，狂喚著：「他們確是貨真價實的巨人。你（桑丘）要是害怕，就走開些，去做你的禱告去，我一個人單幹，跟他們大夥兒拚命好了。」結果唐吉訶德沒有說服桑丘來相信風車是巨人，卻讓讀者由疑而信了。拉伯雷讓我們相信了高康大的母親懷他懷了十一個月。又說生他時，「胎盤的胞衣被撐破了，孩子從那裡一下跳出來，鑽進大腸管裡，通過胸部橫膈膜，一直爬到肩膀上（大靜脈在那兒一分為二），孩子往左面去，接著便從左邊耳朵裡鑽了出來」。[3]我們當然不會相信高康大是從她母親的耳朵裡出生的，但我們用閱讀的微笑「包容」了他的奇異和巨狀——做一件上衣要用「白色緞子八百一十三『奧納』」——請注意，每奧納等於一點八八米，就是說他做一件上衣要用一千五百二十八米布。做一條褲子要用一千一百零五又三分之一「奧納」，還有鞋、襪、外套、腰帶、荷包、長袍、帽子等。那

3 〔法〕拉伯雷：《巨人傳》。

麼這樣算下來，他的一套行頭得用多少布？一個布匹工廠能生產多少就是多少吧——這些我們當然不相信。可是我們「接受」了。我們接受的不是高康大做一件上衣果真要用一千五百二十八米布，而是接受了作家在寫作中的「強加」的合理性與合法性。這種對作家「侵略與強加」的認同，從遠古一路走下來，到十八世紀果戈里筆下的「八等文官柯瓦廖夫很早就醒來了……他想看看昨天晚上鼻子上長出來的那粒小疙瘩。可是，他大吃一驚，應該有鼻子的地方，變成完全平塌的一塊了！柯瓦廖夫嚇壞了，叫人倒水來，用手巾擦了眼睛：當真沒有鼻子了！」[4]到二十世紀葛雷高・薩姆沙睡了一夜之後自己變成了一隻甲蟲；迪蒂約爾發現自己原來是個可以穿牆越壁的人——在這一脈寫作裡，到底發生了什麼，作為真實判官的讀者，為什麼會放棄自己懷疑的權力，而甘願接受作家的侵略與強加？

這，就是《聊齋志異》的意義了——關於對不真之真的信。

·17·

人類對真實的信任是從物信開始的，一如刑案中的物證是高於一切的真。之所以神讓人信了他是神，是因為有人以神的名義給人類帶來了可視、可觸、可感的信物在。重新走進《聖經》中去，將《聖經》作為無與倫比的文學和故事去讀時，成為讀者不能不信的「真實」的物證：

神說：「要有光，」就有了光。神說：「天下的水要聚在一起，使旱地露出來。」事就這樣成了。神說：「地要發生青草和結種子的菜蔬，並結果子的樹木，各從其類，果子都包著核。」事就這樣成了。

人為什麼相信神？因為光、水、青草、種子、菜蔬、果子和包著的核，在這兒都是「物證」的存在。是物證證明了神的存在並創造了這世

4 〔俄〕尼古拉·果戈里：〈鼻子〉，見《外套與彼得堡的故事：果戈里經典小說新譯》，櫻桃園文化，二〇二一年。

界。由此去閱讀《聊齋》故事，蒲松齡是深明這一點的人——不在於讀者信不信，而在於作家給讀者提供的物證是什麼。讀《聊齋志異》中八十多則關於「狐狸為人」的小說時，我們發現蒲松齡幾乎不寫狐狸如何成了人，而寫它成人的證據是什麼——是由物證的吃、穿、用，進而到物證中的「物—情」，進而到人性中的「物—性」的證據的遞升演變和推進。

現在，我們來到充滿物證的〈狐嫁女〉的寫作中：

> 公若為儐，執半主禮。次翁婿交拜，已，乃即席。少間，粉黛雲從，酒胾霧霈，玉碗金甌，光映幾案。酒數行，翁喚女奴請小姐來。女奴諾而入。良久不出。翁自起，搴幃促之。俄婢媼數輩，擁新人出，環珮璆然，麝蘭散馥。翁命向上拜。起，即坐母側。微目之，翠鳳明璫，容華絕世。既而酌以金爵，大容數斗。

譯文為：

殷公就像儐相那樣行了半主禮。然後岳父和女婿互相交拜行禮，行禮完畢，大家才入酒席。又過了一會兒，濃妝豔抹的丫環們，開始往來穿梭，一時間酒肉羅列，熱氣彌漫，玉碗金盆，交相映射，光芒照耀在酒桌上。酒過幾巡後，老頭兒叫丫環去請小姐來。丫環答應一聲就進去了。但等了許久還不見出來。老頭兒又親自起身，撩起了帷帳去催促。一會兒，幾個丫環和老媽子簇擁著新娘子出來了，她身上的金環玉佩「丁當」作響，一陣陣蘭草和麝香的香氣飄散出來。老頭兒讓女兒向上座貴客拜了一拜，她起身後，就坐在了母親身邊。殷公微微一看，只見她頭上插著珠翠鳳釵，耳邊佩戴著明珠耳飾，容貌美麗，世上少有。過了一會兒，席上又用金爵向大家敬酒，那金爵大得能盛下好幾斗酒。

就文學的「物證為真」言，〈狐嫁女〉堪為一部傑作了。殷天宮是一個膽大的人。人們說被荒廢的一戶大宅裡，雜草叢生、蓬蒿滿徑，常有鬼怪異事，沒人敢進入荒宅去一證真實。於是以一酒席為賭注，殷天宮便夜入荒宅，果真見到了一個狐狸家族正在嫁女接婿，盛擺席宴。其禮節習俗的過程來龍，在寥寥百字中，清晰如畫。人物層次有序，吃喝用度、男女形貌和穿戴，甚至連人物之間的倫理序列，都如一張圖表般清晰。倘若作者不交代這一家人是人世間的狐狸們，我們又如何能看出這一習俗、過程中的行為主體不是人類呢？證明它們和我們一樣是人類的證據是什麼？是作為物證的「物」和由「物」構成的文化與習俗。是宴席、美酒、吃穿和人的禮節與細節。在這兒，人們生活中一切的物，都成了狐狸為人的生命證據了。

一篇〈狐嫁女〉，寫盡了狐狸為人的全部物證和可能。小說最後金爵的丟失和再現，堪為狐狸乃人、人乃狐狸證據判決書上的那枚判決鋼印。

由物證進而到情證，〈嬌娜〉可視為一首物情證據的長篇敘事詩。在這部物情的長詩中，書生孔雪笠，這位孔子的後人，因故到了南方天台縣的菩陀寺，如此相遇了皇甫一家人。皇甫一家人雖然是狐族，可他們和人類一樣是要看書習文的，所以孔生見到的皇甫家的第一個「物」，是人類的一本書《琅嬛瑣記》。接著皇甫家老主人出現了，為了感謝孔生願意教自己的孩子讀書習文，送給他了「物」——「錦衣一襲，貂帽、襪、履各一事」（綢緞衣服一套，貂皮帽子一頂，襪子、鞋子各一雙）。之後，丫環香奴出現了，她「紅妝豔絕。公子命彈〈湘妃〉。婢以牙撥勾動，激揚哀烈，節拍不類夙聞。又命以巨觴行酒，三更始罷」（她盛妝打扮，美貌絕倫。公子讓她彈〈湘妃怨〉的曲子。她用象牙做的撥片勾動琴弦，如此便響起了忽而激揚高昂、忽而淒清美妙的音樂來，其節奏是孔生素未聽過的。公子又讓人拿來大酒杯暢飲一番，一直玩到夜裡三更時分才散去）。小說到這兒，寫出了由物而情後，因孔生生病的第四個人物嬌娜出現了，「年約十三四，嬌波流慧，細柳生姿。生望見顏色，呻頓忘，精神為之一爽」（嬌娜年紀大約十三、四歲，嬌媚的眼波中流露出聰慧來，腰身像楊柳一樣婀娜多姿。孔生看見這樣姿色出眾的女子，頓時忘記了痛苦和呻吟，精神為之一爽）。每一個人物（狐狸）的出現——從公子到父親，再到丫環香奴和妹妹嬌娜，直至後邊這脈狐族中的表姐阿松和母親，無不是伴隨著先物而後情——物情的到來的。然而在物情後，寫的卻是孔生對嬌娜的犧牲和愛，是狐族和人類一模一樣的對婚姻、情感的追求和努力。

進而讓閱讀來到〈青鳳〉中：

巨燭雙燒，其明如晝。一叟儒冠南面坐，一媼相對，俱年四十餘。東向一少年，可二十許，右一女郎，裁及笄耳。酒胾滿案，團坐笑語。

譯文為：

只見裡邊點著兩支很大的蠟燭，明亮得如同白晝一般。一個老頭兒戴著儒生的帽子面南而坐，一個老太太坐在他的對面，兩人都有四十多歲。面東坐著一個少年，大約二十來歲，右邊是一個女郎，年紀十五歲左右。桌子上擺滿了酒肉，四個人圍坐四周，正在談笑。

在〈青鳳〉的故事裡，讀者看到的不僅是一桌豐盛的酒菜席宴和座次排位——同〈狐嫁女〉中與人世一模一樣的物，而且還有和〈嬌娜〉一模一樣的情感、婚愛和家庭——由物而情的不真之真。

・18・

〈鴉頭〉在整部的《聊齋志異》中，從某個角度說，是最獨到的一篇小說了。它的獨到不是在故事和藝術性上超越了他篇和他章，而是蒲松齡寫到了狐狸從物到物情和物之「人性」的豐富和複雜，為狐狸的人生之真實，提供了更為深層的確鑿證據。狐狸一家三口，皆為女性，母親帶著兩個女兒在楚地六河縣開設旅店小妓院，後來山東聊城（舊名東昌府）的書生王文出遊到了這兒，經同鄉商人趙東樓介紹，與店裡的二女兒鴉頭相識相愛，其情節故事和韻致韻味，頗似明末小說《賣油郎獨占花魁》。所謂不同之處是，《賣油郎獨占花魁》皆為人世之事，而〈鴉頭〉中的母女三人，皆為狸人之生活。二女兒鴉頭和王文的故事感天動地，尤似「花魁娘子」和賣油郎秦重愛情的一次重演。在〈鴉頭〉的故事中，著墨不多的母親和姐姐，雖都為蒲松齡的嘲諷對象，可在整部孤鬼幻怪的寫作中，卻獲得了最大的真實和存在——因為她們身上滿帶著人性之醜汙——對物（金錢和歡愉）有著和人一模一樣的貪欲和奢求。母親是這個旅店妓院的老鴇，大女兒妮子是以接客為生的妓女，趙東樓是妮子最重要的主顧和情人，二女兒鴉頭，是一日日正在長大、準備接客的少女。在這個故事中，百分之八十的筆墨都交給了鴉頭和王文的愛，而在其餘少之又少的文字裡，卻寫盡了母親與大女兒對錢財的貪求和欲望，從而使她們作為「人」時，輕而易舉獲得了足夠的真實感。

王拜謝趨出，罄貲而至，得五數，強趙致媼。媼果少之。鴉頭言於母曰：「母日責我不作錢樹子，今請得如母所願。我初學作人，報母有日，勿以區區放卻財神去。」媼以女性拗執，但得允從，即甚歡喜，遂諾之，使婢邀王郎。趙難中悔，加金付媼。王與女歡愛甚至。

譯文為：

王文拜謝後快步離去，把所有的錢都拿到妓院，只有五兩銀子，硬要趙東樓去交給老太太。老太太果然嫌少，鴉頭對母親說：「母親天天責備我不當搖錢樹，請使我今天就如母親之願吧。我剛學做人，後面還有許多報答母親的日子，不要因為今天錢少就放走了財神。」老太太知道鴉頭性情倔強，只要同意接客就很高興了，所以便應允下來，打發丫環去請王文。趙東樓不好意思中途反悔，又加上十兩銀子交給老太太。王文與鴉頭歡愛之極。

故事在這兒，真可謂寥寥數言，既寫出了鴉頭的聰慧與性情，又寫出了老太太的貪婪和愚痴。更為重要的，不僅是寫出了人物的性格和神貌，而且還寫出了狐狸與人無二的物慾之真實。因為物慾而真實，因為真實而物慾——人性緣於物慾。而在這被凸顯出的人性真實中——錢——這個最能代表「物真」的物，可謂是人性與真實的所有起點、過程和終點。小說中寫人愛錢財自然是最易深入人性深處的一道破口，寫非人的狐狸亦如此，那就不僅是寫欲望和人性，而是通過欲望和人性寫所要達到的真實之境了。妮子在〈鴉頭〉的通篇小說中，幾無正面的展示和筆墨，然我們將小說讀完後，這個人物卻絲毫不比鴉頭模糊或弱淺，有時反倒讓人覺得比鴉頭、王文、趙東樓來得更為清晰和準確。為什麼？因為她對物——錢和性的天然接受和愛。「王問：『此何處所？』答云：『此是小勾欄。余因久客，暫假床寢。』」（王文問：「這裡是什麼地方？」趙東樓回答說：「這裡是小妓院。我因客居在外時間長了，暫時住在這裡。」）之後無論是王文還是讀者，得知鴉頭十四歲，嫖客多次用重金利誘老太太，而鴉頭即便挨鞭也不肯接客時，自然明白那在這營生接客的，只能是姐姐妮子了。而趙東樓之所以長住在妓院旅館內，也自然是因為妓女妮子了——這是妮子在小說中不出場的出場，無交代的交代。而妮子在蒲松齡筆下真正地露出真容來，已經到了小說的中部。鴉頭和王文已經逃離六河縣，到了漢江口。小日子從零開始。夫妻恩愛，一年有餘，過到了能請起老媽子和丫環後，忽一日鴉頭告訴王文說，我們要大禍臨頭了，母親知道了我們住在這江口，如果派姐姐來找我們，事情也還好，但若她親自來，我們將退無退路了。然而到了黃昏時，鴉頭又說了一句話：「不妨，阿姊來矣！」（「事情還好，是姐姐來了！」）——請注意，這一句讓姐姐妮子在母親與鴉頭之間有了層次感——即：姐姐既是甘願做妓女的人，又是理解妹妹的人。既同母親一樣貪婪充滿欲望感，又對妹妹於愛情與忠貞的嚮往有著理解和同情。這兒，姐姐妮子在小說中出現了，這是她在整部小說中唯一的一次帶著行動的出場：

居無何，妮子排闥入，女笑逆之。妮子罵曰：「婢子不羞，隨人逃匿！老母令我縛去。」即出索子縶女頸。女怒曰：「從一者得何罪？」妮子益忿，捽女斷衿。家中婢媼皆集，妮子懼，奔出。女曰：「姊歸，母必自至。大禍不遠，可速作計。」乃急辦裝，將更播遷。媼忽掩入，怒容可掬，曰：「我故知婢子無禮，須自來也！」

譯文為：

沒過多久，妮子推門走進屋裡，鴉頭含笑迎接。妮子罵道：「你這丫頭不害臊，跟人家逃出來隱匿在這裡！母親讓我綁你回去。」馬上拿出繩索，繫在鴉頭的脖子上。鴉頭生氣地說：「我只嫁一人有什麼罪？」妮子更加憤怒，拽斷了鴉頭的衣襟。這時家中的丫環、老媽子都集合起來，妮子心中害怕，逃了出去。鴉頭說：「姐姐一回去，母親一定親自前來。大禍已經臨近，要趕緊想個主意。」便急忙打點行裝，準備遷徙他鄉。這時老太太忽然闖進門來，怒氣滿面地說：「我早就知道你這丫頭無禮，我得親自前來！」

那個對愛情、家庭、丈夫忠貞不二的鴉頭被母親帶走了。一場偉大的愛情到此被棒打鴛鴦、各奔東西了。但這兒，我們要說的不是鴉頭與愛情，而是說姐姐妮子這在小說中唯一的出場，也是最後的出場。直到故事的結束，妮子都沒有再次站在讀者面前過——雖然幾年後，男主人翁王文偶然來到了燕都，在育嬰堂領回一個孤兒，正好是他和鴉頭的兒子；又有一天，王文又在大街上遇到落魄的商人趙東樓，得知原來老太太一家，為了躲避鴉頭與王文的愛，舉家從六河北遷至燕都，在暴打強迫之下，鴉頭不得不為妓接客，而趙東樓隨著這一家妓戶到燕都，千金散盡，直到有一天鴉頭告訴他：「勾欄中原無情好，所綢繆者，錢耳。君依戀不去，將掇奇禍。」（妓院裡本來沒有愛情，她們對錢才最情意殷切。如果你還依戀不走，就會招來大禍。）趙東樓這才恍然醒悟，離開了燕都和鴉頭一家。

原來，趙東樓是隨著這勾欄一家北遷到了燕都去。

原來，他始終不捨與妮子的交往，哪怕商盡財散、窮困潦倒，也要生活在勾欄裡。鴉頭對他說：「妓院裡哪裡有什麼愛情呀，與其說我姐姐和母親是對你好，倒不如說她們是對錢好才是真情實意啊！」故事到這兒，作為一個重要人物的妮子是在小說中的最後一次被交代——又一次沒有出場的出場。關於這個人物，基本就已完成了。而最後所寫，也就是無意義的惡有惡報、善有善終吧，讓老太太和妮子被鴉頭的兒子王孜——實在是多餘之筆——所殺害，而鴉頭和王文，有情人終成眷屬。小說完了，在小說的五個主要人物中，妮子是著筆最少的，兩次未出場的出場，一次出場只說了幾句話，為什麼這個人物——狐狸——會讓我們感到如此的真實和可信？不是說她多麼豐富和複雜，而是這個人物最直接地在物真——錢與性上獲得了我們對她的信任感。我們的相信獲得了物的最大的支援和舉證。

在《聊齋志異》的寫作中，所有狐狸為人的路——為人的舉措和舉證，〈鴉頭〉一篇展現得最為鮮明了。而這最為其鮮明處，就是由物而情，由情而性，由性而生命的層次遞升。《聊齋志異》寫盡了男女之愛的歡樂，但無一處男女有賈寶玉和林黛玉那樣真正超越男女的精神愛戀。無論人狐戀還是人鬼戀，這種愛戀都是由物到情再到性，甚或多是先性而後再生情。正緣於蒲松齡沒有把這種愛戀上升到精神之戀上，才使狐狸在聊齋的故事和我們的閱讀中，獲得了真正的人生之真實、之價值。

·19·

性——是《聊齋志異》中最為普遍的探求和主題，一如沒有性就沒有《金瓶梅》，沒有性也一樣沒有《聊齋志異》這部異幻傑作。只不過《金瓶梅》因為對性事筆墨無攔，滴液成河，而有了自古禁至今日的命運。《聊齋志異》在性事上從來不繞不躲，只不過他篇篇點到為止，筆起即收，從不過多地推門開窗。乃至於有時過於省略和簡筆，甚至顯出一種單調和重複來。而就這一點上說，性在《金瓶梅》中有了令人眼花繚亂之豐富，而在《聊齋志異》中則多少有些為了省略而顯得簡陋了。

然而也正是這簡陋和省略，顯出了蒲松齡和蘭陵笑笑生的審美之大不同。在三字五詞間，蒲松齡就已經完成了狐狸之所以要以人為信仰，以人為宗教的信念。「人」與「人生」，是《聊齋志異》中絕多狐鬼妖異的宗教信仰，我們在之後會專章去討論，而這裡，要說的依然是性同吃喝、席宴、穿戴、住屋等，是如何成為狐狸人生的物真舉證的。

·20·

「食色性也」——這出之《孟子．告子上》中的觀點，是中國讀書人對國讀書人對「人」最深刻善意的理解，也是《聊齋志異》最偉大的寫作處。綜觀這洋洋浩瀚的四百九十一部短篇，四百九十六個故事，無不是自始至終地繞走在為人「活著」的路道上。起筆於男女，落筆於生死，一切都是為了活著。對活著的無盡之書寫，既是蒲松齡的文學信仰，也是聊齋的崇高。在古典文學中，我們再也找不到第二部作品能如《聊齋》一樣把人的本質與本源——食色性也——上升到宗教地位去寫作了。《水滸傳》和《三國演義》的打殺與國事，《西遊記》的正邪與佛難，《紅樓夢》終歸是大觀園中的貴族和政體，《金瓶梅》倒是重筆寫了人的欲望之存在，然又太過抒慾和商業了。如此比起來，倒是《聊齋志異》寫盡了明清百姓的眾生相與生活，堪為一部當時百姓生存生活的博物館，人間俗世的寶庫。我們在蒲松齡的筆下看到無論人狐、鬼妖、植物和鳥雀，凡讀到了男女之相遇，便必有愛怨和性慾，似乎是無性則男女性別無意義。從而使這人之最基本的本性，成為了人活著之實（物）證，也成為了妖異、鬼怪、狐狸要活著為人的必經路徑。

打開《聊齋志異》的第一卷，我們逐篇逐目地往下讀，在每一篇故事中，只要有男女相遇，就必有欲望，讀者於是可以讀到如下目不暇接的描述和鋪排。在第五篇〈瞳人語〉的小說中：

> 清明前一日，偶步郊郭。見一小車，朱茀繡幰，青衣數輩，款段以從。內一婢，乘小駟，容光絕美。稍稍近覘之，見車幔洞開，內坐

二八女郎，紅妝豔麗，尤生平所未睹。

譯文為：

一年清明節前的一天，方棟信步來到城郊，看見一輛小車，上面掛著紅色的車簾和繡花的帷幔，幾個青衣丫環騎著馬慢慢跟隨在車子後面。其中有一個丫環，騎著一匹小馬，容貌異常秀美。方棟稍稍靠上前去偷看，只見車簾大開，裡面坐著一位十六、七歲的姑娘，盛妝打扮，分外豔麗，更是他有生以來未曾見過的美人兒。

在第六篇小說〈畫壁〉中：

朱注目久，不覺神搖意奪，恍然凝想。身忽飄飄，如駕雲霧，已到壁上。見殿閣重重，非複人世。一老僧說法座上，偏袒繞視者甚眾。朱亦雜立其中。少間，似有人暗牽其裾。回顧，則垂髫兒，囅然竟去。履即從之。過曲欄，入一小舍，朱次且不敢前。女回首，舉手中花，遙遙作招狀，乃趨之。舍內寂無人，遽擁之，亦不甚拒，遂與狎好。

譯文為：

朱舉人對少女注目了很久，不知不覺間神魂飄蕩，恍恍惚惚地陷入了想入非非的凝思當中。忽然，他的身子飄飄飛起，如同騰雲駕霧一般，就飛到了牆壁上。只見殿堂樓閣重重疊疊，不像是人間世界。一個老和尚正在高座上講說佛經，有許多身穿僧衣的和尚圍著老和尚聽講。朱舉人也站在這些人當中。過了一會兒，覺得好像有人暗暗地拉他的衣襟。他回頭一看，正是那個披髮少女，朝他莞爾一笑，便轉身離開了。朱舉人就抬腳跟了上去。走過一段曲折的長廊，看見少女走進了一間小屋子，朱舉人欲行又止地不敢往前去。那個少女回過頭來，舉著手中的花朵，遠遠地招呼他，朱舉人於是就快步跟著少女走進了小屋。小屋裡寂靜無人，他上前擁抱少女，那少女也不怎麼抗拒，於是二人就像夫妻那樣地恩愛了一番。

沿此讀下去，〈犬奸〉、〈狐嫁女〉、〈嬌娜〉、〈新郎〉、〈青鳳〉、〈畫皮〉、〈嬰寧〉、〈聶小倩〉，凡涉男女情感，必有性事生發。倫理的，不倫的，人狐或人鬼，再或人與人之間、動物與動物之間、植物與植物之間，性成為情感的必經之路或目的地。性——熱帶雨林般籠罩著《聊齋志異》整部小說的情感天空，也澆灌發生著所有狐狸與其它鬼異、精妖最終為人的真實與實在。如此我們逐目讀下去，便可讀到在這類篇章中，幾乎無處不在的「紅妝豔豔」，「嬌波流慧，細柳生枝」，「畫黛彎蛾，蓮鉤就鳳」，「乃與寢合」，「容華絕代，笑容可掬」，「注目不移，竟忘顧忌」，「個兒郎目灼灼似賊」，「小娘子端好是畫中人，遮莫老身是男子，也被攝魂去」，「息燭登床，綢繆甚之。自此三五宿輒一至」，「生日言糾纏，但求一親玉肌」，「既而念枕之愛，極盡綢繆」……

在《聊齋志異》的寫作中，凡在有情涉性處，蒲松齡既無一處閃躲，又無一處放任鋪陳和描述，均為惜字如金，又字字珠璣，哪怕過程多有相似之處，卻在文字上決然地擇字不同、選詞各異，使這些狐狸在人間的

「人生」過程，獲得了最大真實和文學上「物證、情證和人性證」的閱讀信任，經典地完成了自古至今小說中不真之真的努力和實踐，為我們關於小說中不真之真的現代寫作，伏埋了諸多的可能和種子。同卡夫卡、舒茲、埃梅及馬奎斯和卡爾維諾等寫作，構成了非人而人、人而非人的古典與現代的輪迴和銜接，為文學走向另一種未知之途準備了可能的門扉和鑰匙。

第四講

科舉：為人的出路即絕境

・21・

中國的科舉制度肇始於南北朝。大業二年（六〇六年），隋煬帝下令建立進士科以取士，確立了朝廷的設科招考制，取代了歷朝歷代的「九品中正制」。從此這一以考試成績為擇取標準的官僚選拔制，延續一千三百年，如歷史的裹腳布一樣，使得這一制度由相對開明、公正的選賢取進，再次淪為歷史車輪的泥沼演變為「出人頭地的出口即絕境」的悖論和怪圈。到了明清後，除卻讀書和科舉，其它各行各業均被歧視和擠壓，所以在當時社會上，萬人千馬、賢才青年，至死都擁擠在這華山一路上。在這出人頭地的唯一出口和命運獨道上，自然產生著各種難以想像的腐敗和傾軋，無窮盡地重演觸目驚心的悲劇和無奈。蒲松齡只是這悲劇之樹上的一葉或一果，如李白、杜甫們也是這樹上的一果一葉樣。如此在中國的古代文學中，有了詩聖和詩仙，有了狐妖怪異且充滿著現代性的古典傑作《聊齋志異》這部書。

·22·

在《聊齋志異》這座包羅萬象的文學館中，歷史、社會、官僚、民間、書生、女子、政商、耕農、妓業、鹽販、戰爭、災難和狐妖、志怪等無所不奇、無所不有，但占取主展大廳最佳高位的，自然是狐狸、書生和鬼怪。在四百九十一篇短篇小說裡，三分之二的篇章都與書生相連繫。這些書生——那個時候的讀書人、有志青年們垮坍了，組成的整部聊齋中人的根基也就全部垮坍了。而書生，無論是經了科舉進入仕途的，還是正在科舉的路上邊走邊讀的，再或者從考場和金榜之下沮喪、失落、潦倒返回的，每個故事都充滿著悲痛和心酸，每滴眼淚都映照著人生悲憤的湖海。在《聊齋志異》的所有寫作中，我們找不到，有任何一篇與科舉相連的小說有著人的喜悅和意外。在那些故事在那些人生奮鬥的故事中，沒有一個書生是成功而無挫折的，其命運是種瓜得瓜、種豆得豆的。失敗、絕望、無奈和反覆，在聊齋所展現的人世生活裡星羅棋布。說到底，《聊齋志異》不僅是一部科舉考試的人生悲憤書，而且還是一部人在悲憤、絕望中的精神得到空幻撫慰的療癒誌。從現實的悲憤、絕望到空幻中獲取微笑，這個過程讓人想到阿Q的精神勝利法。《阿Q正傳》是和《聊齋志異》毫無瓜葛的現代之傑作，可《聊齋志異》讓我們看到了精神勝利法並非起自魯鎮和魯迅，而源自早已有之的中國固有的書生文化。

就從空幻中得到精神撫慰這一點，《聊齋志異》可謂是一部集大成的浩瀚傑作了。在超過三百篇與書生、科舉相關的小說裡，〈賈奉雉〉並非是最悲憤的典例，卻來得最為諷刺、虛幻和象徵，幾乎是所有科舉幻念小說中綱舉目張之代表，是所有科舉幻念寫作中的機杼和按鈕。賈書生是甘肅東部平涼人，才華出眾，名傾一時，卻在科舉考試中屢考屢敗，又屢敗屢考。這時他遇到了仙人郎秀才，告訴他他之所以屢考屢敗，是因為他天賦神才，文章寫得華彩光芒，如果能丟掉這些天賦，和他人一樣，將文章寫得枯燥無味、東拉西扯，自然也就可以金榜題名、仕途光照了。賈先生苦讀半生，哪裡能聽信這樣的胡言亂語。其結果，他再次入場大考，再次名落孫山。在命運的七折八彎後，他想起了郎秀才的諄諄教誨，開始將信將疑起來了。終於到了又一年的大考臨近時，郎秀才再次出現，給他出了七道考題，讓他依題作文，並要忘記自己的才情記憶。於是他依題寫作，扯七扯八，寫出了七篇斷章取義了與人心人情毫無關聯的拙劣文章給了郎秀才。郎秀才看後大加讚賞，說依此赴考，賈先生定能榜上有名。如此這般，先生也是聽聽而已，並不放在心上。到這兒，最奇妙的事情發生了。賈生依時科舉，進入鄉試之場後，竟然腦子裡一片空白，除了他為郎秀才寫的七篇狗屎文章還在記憶裡，其餘所有的才情記憶，都在頭腦中刪略不見了。而更為神奇的是，這一年大考的七道題目，均和郎秀才給他的題目一模一樣。

如此也只好跛腳走路，照葫蘆畫瓢，將那七篇狗屎文章背誦寫出。這一寫到了張榜公布那一天，賈生果真金榜題名，高中第一——從此賈奉雉看破紅塵，對世界、仕途、科舉心灰意懶，再無進取之心。文人氣節的士心士志，漸次地在他的內心成了參天大樹，於是他決定要上山隱居，過上陶淵明式的隱居生活——「采菊東籬下，悠然見南山」。再也不與現實為伍，不為現實的奴隸和蟻蟲。這時候，倘是小說結束了，那該是多麼現實主義的一篇諷刺、幽默之大作，然那也就不再是蒲松齡的寫作了，不再是聊齋中有關科舉小說重鎮的城門機杼了。故事到了這個節點上，才剛剛在行進的旅途中走了一半的路，後一半終於滑入到「聊怪」的軌道上了。賈生跟著郎生很快到了深山的仙境無人區——空氣清新、鳥語花香，一片淨土，寂靜到一枚枯葉落下來，整個山谷都有回音和清暖。賈先生在這淨界是得道成仙還是為人入俗，需經過一場有趣而老套的考驗和測試。在這仙境淨界間，這一夜賈生睡到半夜時，仙道對他進行了「過三關」的淨界實驗。最後一關是在他將要入睡時，他的妻子突然出現在了他的被窩裡，「因賈出門不相告語，偎傍之際，頗有怨懟。賈慰藉良久，始得嬉笑為歡」（因為賈奉雉出門時沒有告訴自己的妻子，因此她一邊依偎在賈奉雉的懷裡，一邊流露出埋怨的神色。賈奉雉安慰了她很久，兩人才嬉笑為歡）。

在淨界為俗還是為仙的考試裡，賈生失敗了。人生世俗的凡人生活，戰勝了人在淨界不染俗念的昇華人生。如此賈生被老道仙人一杖趕出了仙境區，回到了現實世界裡。然仙界一日，俗世百年，當他站到自家村口時，世界已經物是人非，連兒子的兒子都已經出生了。他離開家時七、八歲的大兒子，都已經年歲高長、離開人世了。而那個在仙界鑽進自己被窩的「妻」，若不是因為怪病躺在床上不生不死了多少年，怕也要離開人世不在了。

賈奉雉就這樣回到了現實裡。而現實中「賈入舍，煙埃兒溺，雜氣熏人。居數日，懊惋殊不可耐。」（賈奉雉進了屋子，只覺得到處都是煙氣塵土，夾雜著小孩的尿臊味，一股臭氣撲鼻而來。才在家住了幾天，他就很是懊悔，實在無法忍受）。在這兒，不得不說蒲松齡的大家才情。但凡將筆墨從虛幻中拉回到現實來，就能迅速完成不真之真的實在和舉證。他就這樣從仙界回到人間了，從淨地到了俗世裡。日子還得過，人又總得活下去。於是重操舊業，開始以教書為生、科舉進取。因為一身才華，又已知了科舉的敗腐之妙處，自然作文考試，得心應手、不力而就，於是連考連中，一舉中榜為進士，最後以侍御的身分出巡兩浙，聲名顯赫、歌舞樓臺，那真是人生得意，要風有風、要雨得雨，榮華富貴、金玉樓閣。然而在賈奉雉的骨血裡，終還是留存著讀書人的血脈和氣節，在官場上不肯與人同流合汙、不肯與社會妥協苟且。然而，一人升官雞犬升天的中國文化，卻讓兒子的兒子們，因為爺爺官高名大，在家鄉為非作歹、強取豪奪，連別人娶回家的媳婦都敢搶回來據為己妾。這件事情最終傳到京城，那些朝中高官，紛紛上奏攻擊賈奉雉，如此賈奉雉便被投進大監關了一年，孫子和孫子的兒子也都在獄中死掉了。原來賈奉雉失蹤不在人間時，人家的日子雖然貧窮但無災也無難，現在賈奉雉中了進士得以高位了，一家人的日子和命運，反倒走入災難和死亡，且他從獄中出來，還被判到東北遼陽去充軍。一介書生，哪裡懂得軍旅和打仗，可明知不去只能死，而去了也無非多活幾日吧。如此無奈著，就安頓了家務和兒子，帶著老伴和家僕，在風燭殘年時，踏上了充軍的路。

世界上還有比賈奉雉更悲慘起伏的人生嗎？大起大落、天上地下，低開而高走、高走而衰落，如此他怎麼能不頓悟讀書、中舉、為僚、蹲牢、充軍這一整套環環相扣的科舉人生呢？「十餘年富貴，曾不如一夢之久。今始知榮華之場，皆地獄境界。」（十幾年的富貴，還不如一場夢的時間長。如今才知道所謂榮華富貴之地，皆為地獄之境界。）到此〈賈奉雉〉這篇跨時百餘年的小說來到尾聲了。讀書——科舉——失敗——再考——明白金榜題名非才情，而是狗屎文章在作祟——繼而出家隱居——不捨世俗——返世再考——中舉為官——貽害全家及後人——最後入獄並充軍，這篇小說的全過程，就是《聊齋志異》成千上萬書生成敗的縮影和命運。讀過一篇〈賈奉雉〉，也就明白了中國一千三百年的科舉史和書生們的命運史，把握了聊齋中數百篇與書生相關的所有故事的意義——那就是所有書生們的命運都是相同的，從希望開始，以絕望結束；從故鄉出發，到絕境收腳。如一定要說不同之處時，無非是賈奉雉比別人更明白「**人間的所有榮華之場地，皆為人世之地獄**」。而在其它的科舉小說中，如〈葉生〉、〈素秋〉、〈鏡聽〉、〈胡四娘〉、〈司文郎〉、〈王子安〉、〈考弊司〉、〈席萬平〉等，那裡的書生終生都把絕望當希望，將絕境當作福祉努力著、奮鬥不息著。頓悟沒有到來，希望還在腳下，而當頓悟到來後，絕境便在眼前了。

·23·

在《聊齋志異》裡，真正正面書寫書生苦讀、科舉的小說大約二十篇。在這二十篇的小說中，更為豐富、經典的「科舉幻念」寫作是〈葉生〉、〈郭生〉、〈鏡聽〉、〈胡四娘〉、〈僧術〉、〈司文郎〉、〈王子安〉、〈素秋〉、〈賈奉雉〉和〈元少先生〉等。倘若可以從這些經典的科舉幻念小說裡，把那些成功、失敗和幻念慰藉的主要情節拿出來，擺在一起會發現什麼呢？能看到同一鏡子中鏡像的千姿百態嗎？

我們先看小說〈葉生〉中葉生的落榜和狀態：

〈葉生〉文章詞賦，冠絕當時，而所如不偶，困於名場。……不意時數限人，文章憎命，榜既放，依然鎩羽。生嗒喪而歸，愧負知己，形銷骨立，痴若木偶。

譯文為：

葉生的文章詞賦，在當時稱得上首屈一指，然而運氣一直不好，在科舉考試中屢屢落第……不料人受命運的限制，文章憎厭人的命運通達，等到放榜以後，葉生依然沒有考中。葉生神情沮喪地回到家裡，慚愧自己辜負了知己的期望，人瘦得只剩下一把骨頭，痴呆呆地像個木偶。

再看〈素秋〉：

> 俞慎，字謹庵，順天舊家子。赴試入都，舍於郊郭，時見對戶一少年，美如冠玉……審其姓氏，自言：「金陵人，姓俞，名士忱，字恂九。」……而恂九又最慧，目下十行，試作一藝，老宿不能及之。公子勸赴童子試，恂九曰：「姑為此業者，聊與君分苦耳。自審福薄，不堪仕進，且一入此途，遂不能不戚戚於得失，故不為也。」居三年，公子又下第。恂九大為扼腕，奮然曰：「榜上一名，何遂艱難若此！我初不欲為成敗所惑，故寧寂寂耳。今見大哥不能自發舒，不覺中熱，十九歲老童，當效駒馳也。

譯文為：

俞慎，字謹庵，是順天府的世家子弟。一次，他赴京趕考，住在城外，時常見到對面人家的一個年輕人，丰姿俊拔，面如美玉……問起姓名，年輕人自稱：「金陵人，姓俞，名士忱，字恂九。」……俞忱非常聰明，讀書一目十行，試著做一篇文章，就連老學究也比不上他。俞慎勸他去考秀才，俞忱說：「我姑且做這些事，只不過看你讀書很累，替你分擔一點兒罷了。我自知福分很淺，不能夠在仕途上有什麼進展，而且一旦走上這條路，就不能不為了一點兒得失而憂心忡忡，所以我不想去考。」過了三年，俞慎考試又落了榜。俞忱很是為他不平，激奮地說：「在榜上占據一席，怎麼會艱難到如此地步呢！起初我不想為成敗所迷惑，所以寧願默默無聞。今日見大哥不能高中揚名，心中不覺發熱，我這個十九歲的老童生，也要像馬駒一樣馳騁考場了。」

失望與希望，希望與落空，然後是沮喪和落榜，惘然和憧憬，構成了科舉一而再、再而三的人生往復命運。由充滿朝氣、安慰的〈素秋〉，來到之後的〈王子安〉，終於就讓我們看到了科舉之下讀書人無盡的辛酸和醜態。而這醜態卻是讓讀者唏噓地落淚後，進而在感嘆中領略科舉人生的無奈與絕望。

> 王子安，東昌名士，困於場屋。入闈後，期望甚切。近放榜時，痛飲大醉，歸臥內室。忽有人白：「報馬來。」王踉蹌起曰：「賞錢十千！」家人因其醉，誑而安之曰：「但請睡，已賞矣。」王乃眠。俄又有入者曰：「汝中進士矣！」王自言：「尚未赴都，何得及第？」其人曰：「汝忘之耶？三場畢矣。」王大喜，起而呼曰：「賞錢十千！」家人又誑之如前。又移時，一人急入曰：「汝殿試翰林，長班在此。」果見二人拜床下，衣冠修潔。王呼賜酒食，家人又紿之，暗笑其醉而已。久之，王自念不可不出耀鄉里。大呼長班，凡數十呼，無應者。家人笑曰：「暫臥候，尋他去。」又久之，長班果複來。王捶床頓足，大罵：「鈍奴焉往！」長班怒曰：「措大無賴！向

與爾戲耳，而真罵耶？」王怒，驟起撲之，落其帽。王亦傾跌。妻入，扶之曰：「何醉至此！」王曰：「長班可惡，我故懲之，何醉也？」妻笑曰：「家中止有一媼，晝為汝炊，夜為汝溫足耳。何處長班，伺汝窮骨？」子女皆笑。王醉亦稍解，忽如夢醒，始知前此之妄。

譯文為：

王子安是東昌縣的名士，但是在科場中卻很不得意。這一次考試，他抱著很大的希望。臨近放榜時，喝得酩酊大醉，回家以後躺在臥室。忽然有人說：「報喜的人來了。」王子安踉蹌著起來，說：「賞錢十千！」家人因為他醉了，騙著安慰他：「你只管睡吧，已經賞過了。」王子安這才睡下。不一會兒，又有人進來說：「你中進士了！」王子安自言自語道：「還沒去京城，哪裡會中進士？」那人說：「你忘了嗎？三場考試都已經完了。」王子安大喜，起來喊道：「賞錢十千！」家人又像剛才那樣誆他。又過了一陣，一個人急急忙忙地進來說：「你殿試中了翰林，隨從們在此。」果然見有兩個人在床下拜見他，穿戴都很整潔華麗。王子安叫家人賞賜他們酒飯，家人又騙他，暗笑他喝醉了。後來，王子安想，不能不出去在鄉里顯耀一番。他大喊跟班隨從，喊了幾十聲，也沒人答應。家人笑著說：「你先躺著等一會兒，我們去找他們。」又過了很久，跟班的果然又來了。王子安捶床跺腳，大罵：「蠢奴才去哪兒了！」跟班的生氣地說：「你這窮酸無賴！這是和你鬧著玩呢，你還真罵呀？」王子安非常生氣，突然站起來撲過去，一下子打掉了那人的帽子。王子安自己也跌倒了。王妻走進來，扶起他說：「怎麼醉成這樣！」王子安說：「跟班的太可惡了，我剛才是懲罰他們，哪裡是醉了？」妻子笑著說：「家中只有一個老媽子，白天給你做飯，晚上給你暖腳。哪裡有什麼跟班伺候你這窮骨頭？」孩子們都笑了。王子安的醉意也稍稍過去，忽然像夢醒了一樣，才明白剛才那些都是虛妄之假。

王子安在科考之後，放榜之前，因為酒醉而入睡，因為夢和酒，讓他屢次在夢中看到自己高中金榜，人們來為他報喜和他給報喜者打賞。一篇〈王子安〉，寫盡了「范進中舉」的心理和狀態。一場美夢和一個小說之場景，道盡了明清書生——甚或一千多年讀書人的心酸和可悲。由此回到賈奉雉的感悟裡：「人間的所有榮華之場地，皆為人世之地獄。」這實在是道盡了讀書人為人的出口即路之盡處的絕望與絕地。就書寫讀書人絕處絕境這一點，再也沒有誰比蒲松齡來得更為準確和委婉，悲苦又暖意。由此想到魯迅的對人之絕望之徹底，一如絕症就是死亡，死亡必入墳墓一樣，他不會有半點的曲意和柔潤，不會有半點的含蓄和婉轉。如《狂人日記》「吃人」這一血淋淋暗喻樣：

> 不能想了。四千年來時時吃人的地方，今天才明白，我們也在其中混了多年；大哥正管著家務，妹子恰恰死了，他未必不和在飯菜裡，暗暗給我們吃。
>
> 我未必無意之中，不吃了我妹子的幾片肉，現在也輪到我自己……
>
> 有了四千年吃人履歷的我，當初雖然不知道，現在明白，難見真的

人！

這吃人的場景和意象，到了第二年魯迅寫〈藥〉時，成為人血饅頭醒目在小說的最核心。「老栓也似乎聽得有人問他，但他並不答應；他的精神，現在只在一個包（人血饅頭）上，彷佛抱著一個十世單傳的嬰兒，別的事情，都已置之度外了。他現在要將這包裡的新的生命，移植到家裡，收穫許多幸福。」閱讀了小說〈王子安〉，再去重讀魯迅關於「吃人肉，喝人血」的描寫時，也便明白魯迅那刺入骨髓的尖利和寒冷。反之回溯三百年，便能從蒲松齡所有科舉的寫作中感到，人血饅頭果真不是自民國才開始發麵起蒸的，而是在四千年前就開始墾土種地，為這饅頭前世的糧物播種了。在蒲松齡的那個時代裡，那糧物不僅發芽、生長、成熟和收穫，而且人們都已經開始發麵架籠了、都已經捧著那樣的饅頭滿臉歡喜了。所以在〈素秋〉中，俞慎落榜，而俞士忱熱血沸騰，摩拳擦掌，要到科舉的考場馬駒一般馳騁而去；而王子安走出考場後，三杯熱酒，一場暖夢，便看見自己金榜題名，賞錢十千。那報喜拜見的人，穿戴整潔華麗，在他的床下叩首報捷，於是他自己也要設宴款待他們了——蒲松齡讓這絕望與絕境，充滿著喜劇與微笑，暖意與溫柔。然待這笑暖之後一夢醒來時，寒意襲身，絕望鋪開，使讀者對科舉與書生，更充滿著悲涼與無奈之息嘆。

·24·

魯迅說的「人血饅頭」是冰寒的，血絲淋淋凝掛。

蒲松齡沒有說過任何「人血饅頭」的話，而說「今始知榮華之場，皆地獄之境界」。倘若也用「人血饅頭」來意會《聊齋志異》無處不在的科舉和書生，那麼在《聊齋志異》中，這饅頭是剛剛下籠才出鍋，還帶著蒸騰的熱汽和麵香，所以我們看到了那些不知饅頭中包著人肉和人血的食用者們，臉上多是喜悅和期待。而若用「今始知榮華之場，皆地獄之境界」——去理解蒲松齡和魯迅共同面對的現實世界時，便可感知魯迅是直接把目光投注在「地獄境界」上，而蒲松齡是要讓自己的目光和筆觸，穿過「榮華之場」才到「地獄境界」。這中間的距離是三百年的小說藝術路途與小說之藝術。也正緣於此，我們讀到蒲松齡幾乎所有的科舉幻念寫作，都是人生的失敗和絕望，又都是人生的追求與溫暖。幾乎所有的書生科舉都是失敗者，順利金榜題名的沒有一個是憑籍才情、努力和公正。

那麼，在蒲松齡的這些小說中，他們又都是如何考取了金榜開始榮華人生呢？

葉生（〈葉生〉）中舉是在他死了幾年後，以鬼身在世，不僅讓自己恩人丁公的兒子丁再昌高中舉人，同時自己在京城鄉試中，同樣鬼身在試，成為了人間舉人。俞忱敢於以駒馬之氣，馳騁考場，是因為他是一隻非人的「書蟲」。故事的最終，俞忱以落榜而死，而俞慎在道德、情感的漩渦中一直高立岸頭，雖一舉高中，但同樣因為「妹妹」素秋是非人之人，身可現蟒，實為海中仙人。在諸多的科舉故事裡，郭生（〈郭生〉）是科舉考試最為順利的一位，幾乎沒有任何失敗之起落，也就榜中秀才了。然而他的「老師」，卻是一隻狐狸，每一篇作文，狐狸都會幫他修改字句和段落，郭生才順順利利金榜題名的。在〈僧術〉中，黃生志向高遠，才富五車，可其十餘年奮鬥，結果還是兩手空空，途無星月。作為朋友的和尚，為了給他疏通道路，決定通過陰間冥府，來幫他打點那掌握他命運的人。小說短小，卻充滿諷刺，讓我們以苦笑的方式，看到科舉這條斷橋孤道上的絕望，倘是冀望某人可以通達順利，那是需要冥府的「鬼人」出面幫助的。

〈司文郎〉是又寫一篇科舉幻念的短篇傑作，不光結構層次清晰，故事始末完整，更將落榜與中榜，考場內與考場外，人世與鬼世，寫得水乳交融，起落有致。且小說的所有心酸和悲寒，都在人與鬼的微笑中，正是這所有的微笑和柔暖，更加讓人思後寒冷和顫慄。

在〈司文郎〉的故事裡，王平子是山西平陽（今臨汾）人，到京城鄉試，租房住在京都報國寺。比他先到一步、來自南方的餘杭生，生性孤傲，又具才學，對王平子不冷不熱。這時候第三個人物——宋生出現了。「他白服裙帽，望之傀然。近與接談，言語諧妙，心愛敬之。」（宋生身著白衣白帽，看去身材高大，器宇軒昂。走近和他交談，言語詼諧巧妙，王生內心很是敬重。）之後的故事，環環相扣，曲彎有致，將科舉黑暗和命運對人之捉弄，寫到了極致，讓人捧腹、唏噓和落淚。小說中先是這三生——餘杭生、王生和宋生，相互比試文章的好壞優劣，期間餘杭生自負傲然，不近人情；王生謙遜卑微，學習精進；宋生才貌雙俱，飄逸灑脫，卻不參加科舉，讓讀者覺得，科舉成功的必定是王生。然而命運造化，一切都非才華努力可左右。科考金榜公布，偏偏是寫出一等文章的王生名落孫山，而餘杭生金榜題名。到這兒，故事的第一個意外結束了，第二個意外在不意間悄然而到來——就在科舉結束這一天，王生、宋生一同散步，碰到了一位盲僧在路邊行醫做善。宋生見了盲僧，告訴王生這位盲人是評定文章的大批評家，大家可以把文章拿去給他點評。盲人怎麼看文章？宋生說，那就「耳判」吧。以耳代目，念了文章給他聽。盲人說，文章那麼長，這要聽到什麼時候呢？不如你們都把文章燒了，我聞一下紙灰就知道文章優劣了。請注意——這兒說的是把你們在科舉考場的文章燒了後，我聞聞灰燼的味道，就「知道文章好壞」了：

僧曰：「三作兩千餘言，誰耐久聽！不如焚之，我視以鼻可也。」王從之。每焚一作，僧嗅而頷之曰：「君初法大家，雖未逼真，亦近似矣。我適受之以脾。」問：「可中否？」曰：「亦中得。」餘杭生未深信，先以古大家文燒試之，僧再嗅曰：「妙哉！此文我心受之矣，非歸、胡何解辦此！」生大駭，始焚己作，僧曰：「適領一藝，未窺全豹，何忽另易一人來也？」生托言：「朋友之作，止彼一首，此乃小生作也。」僧嗅其餘灰，咳逆數聲，曰：「勿再投矣！格格而不能下，強受之以鬲，再焚，則作惡矣。」生慚而退。

譯文為：

盲僧說：「三篇文章兩千多字，誰有耐性來聽！不如把文章燒成灰，我用鼻子來嗅一下就知道了。」王生聽從了。每燒一篇文章，盲僧嗅一嗅點頭說：「你初學大家手筆，雖然還不夠逼真，可也近似了。我正好用脾臟來接受它。」問他：「能考中嗎？」盲僧說：「也能中。」餘杭生不太相信盲僧的話，先用古文大家的文章燒來試驗，盲僧嗅了又嗅說：「妙哉！這篇文章我用心來接受了，這樣的文章不是歸有光、胡友信這樣的大手筆，誰能寫得出來呢！」餘杭生大為驚訝，這才去燒自己的文章，盲僧說：「剛才只領教了一篇文章，還沒欣賞他別的妙文，為何忽然又換了另一個人的文章？」餘杭生撒謊說：「那篇是朋友的文章，只有這一篇，這個才是我的文章。」盲僧嗅了嗅餘杭生文章的灰，嗆得咳嗽了好幾聲，說：「不要再燒了！嗆得我聞不進去，強吸進去，只能到達橫膈膜那裡，再燒，我就要嘔吐了。」於是，餘杭生慚愧地離開了。

這個火燒考卷而用鼻子嗅評文章的情節，就是二十世紀文學超現實寫作的典型文本。然而這卻出自三百多年前、十七世紀中期蒲松齡筆下，是常有的、典型的蒲氏寫作、蒲氏風格。那時候，我們文學語詞，既沒有荒誕、異化、超現實、現代主義和後現代這些文學概念，也沒有魔幻現實主義、黑色幽默這些後興的流派寫作。唯一可以評判《聊齋志異》中如此比比皆是的荒誕與志怪，我們能說的語詞就是浪漫、誇張和詼諧。然當我們以更現代的文學目光去回讀〈司文郎〉這樣的小說時，自會恍然大悟到，這哪兒就不是我們對現代小說所理解的那種異化與荒誕，超現實與現代和後現代，哪兒就不是神實主義、魔幻現實主義和黑色幽默呢。

胡安．魯佛的小說《佩德羅．巴拉莫》，在一九八六年來到中國時，名字被更改為《人鬼之間》。今天討論《聊齋志異》埋下的現代之種時，我發現將其與《佩德羅．巴拉莫》並論實在是太為般配了。在《佩德羅．巴拉莫》這部現代奇崛之作的開篇裡，小說寫到胡安．普雷西亞多的母親在生前交代他，一定要在她死後找到他的父親佩德羅．巴拉莫。於是，母親死去後，他踏上了尋找父親的漫漫路途。第一站到了平原上的村莊可馬拉，找到母親少女時代的閨蜜愛杜薇海斯，因為他的母親曾對他說，「到了那裡，我的話你將會聽得更清楚，我將離你更近。如果死亡有時也會發出聲音的話，那麼，你將會發現我的回憶發出的聲音比我的死亡發出的聲音更親近」。接著，我們讀到了兒子普雷西亞多見到了從不認識、從無聯繫的母親的少女好友愛杜薇海斯太太時，愛杜薇海斯早就預先知道他要來，已經等在門口。「她好像是一直在等待著我的到來。據她說，她什麼都準備好了」。為什麼？因為她已經知道他今天——就這個時要來了。「她告訴過我，說您要來。今天您果真來了。她是說您今天要來的。」

原來母親在死後去通知了她的少女好友，兒子今天去找她——如此類似《聊齋志異》中的「鬼行人世」的小說情節，在《佩德羅．巴拉莫》中密雨分布，無處不有，這不僅是現代小說的一種敘事方式，而且是呈現生活本身的敘述和描寫。「生活本來就是這樣子。」——這和三百年前出自東方的《聊齋志異》一脈相承，極其相近和神似。一個在地球的那一邊，一個在地球的這一邊；一個寫在二十世紀中，一個寫作在十七世紀中；一個是影響了拉美魔幻現實主義的不到十萬字的大中篇，一個是中國最為經典浩瀚的古典短篇小說集。而我們，穿過三百年的歷史和整個的地球，將《佩德羅．巴拉莫》與《聊齋志異》經典篇〈司文郎〉放在同一書桌時，發現彼此小說中鬼行人世的「靈驗真實」，幾乎是一模一樣的。在古典小說中，「靈驗」是最為普通常見的「方式與生活」，但到了文藝復興後的寫作中，這種靈驗漸漸消失不在了，到了十九世紀的現實主義盛行時就徹底消失了。然而到了二十世紀後，隨著「超現實」的出現，它又悄然回來了。像一個人離家出走數百年，回來仍然少年一樣充滿活力和生命力。

回到〈司文郎〉的小說上來，它和《佩德羅・巴拉莫》的瓜葛和疏離，如同要將太平洋上的藻物去和新疆沙漠、戈壁上的沙粒牽強比較一樣。可我們又怎麼能不想到那沙漠、戈壁在數千年、數萬年前，本來為大海？時間隔離、割斷了這一切。時間又幫我們連繫、拉回來了這一切。沒有人說現代主義寫作是脫胎於古典文學的母體和坯模，但從那遙遠處延伸過來的道路和腳印，讓我們看到古今文學的連繫，如同人類從千古走來，留在石板上的腳印和岩畫一般。於是我們從《聊齋志異》中，讀到的不僅是傳統、古典、神話、寓言、傳說和志怪，還有今天寫作中那些現代性的種粒和土壤，以及正在芽發、蓬勃的未來寫作的可能性。

在〈司文郎〉這個神奇幻寓、跌宕起伏的故事裡，盲僧用鼻子對文章紙灰的一嗅而知其好壞，在小說中不僅是神奇的，而且是「真實」的，令讀者感佩信服的，可結果張榜公布後，考中的不是王生而是餘杭生。不是王生那「君初法大家，雖未逼真，亦近似矣」的可能金榜題名的上佳之文章，而是「勿再投矣！格格而不能下，強受之以鬲，再焚，則作惡矣」的劣等文章。小說寫到這兒，後面的故事還如何進行呢？

又一天，王生和宋生來到盲僧面前，告訴了盲僧中榜的情況，「僧嘆曰：『僕雖盲於目，而不盲於鼻，簾中人並鼻盲矣』」（盲僧嘆息著說：「我雖然眼睛盲了，但鼻子並不盲，主考大人連眼睛帶鼻子都盲了啊」）。這時候，金榜題名的餘杭生也來了，得意洋洋地說，你這瞎和尚，現在你看到了考試結果吧？盲僧道，你去把各位主考官的文章都拿來，各取一篇焚燒了，我就告訴你錄取你的老師是哪一位。而且說我如果猜不中錄取你的老師是哪一位，你把我的瞎眼就在這大街上剜了去。如此這般，餘杭生和王生，千方百計去搜集了那八、九位主考官的文章來。一一燒之，一一嗅之，當燒到第六篇，盲僧大肆嘔吐，屁響如雷——荒誕、誇張到漫畫地步了——「此真汝師也！初不知而驟嗅之，刺於鼻，棘於腹，膀胱所不能容，直自下部出矣！」（這真是你的恩師了！開始不知道而驟然去嗅，先是刺鼻子，後是刺胃腸，膀胱也容納不了，直接從下部出來了！）故事到這真是到了諷刺的極佳境地裡，幻魔到了最好的「不真之真」的藝術境界裡。餘杭生那個恩師正是這場大考的主考官，天不知、地不知，一個盲僧用鼻子嗅嗅卷子點燃後的卷子灰，科舉場上的一切惡作、腐朽也就真相大白了。

真相大白又能怎麼樣？

天下的悲劇不是冤枉和磨難，而是你知道冤枉、磨難的真相而無可奈何。

這就是一代書生之命運。這就是《聊齋志異》中人的出路和絕境，是現代生存困境早在古典文學中已有的描述和再現。

一部最具現代意義的古典小說到此就完了。然而果真到此完了，它也就不再是古典小說了。在〈司文郎〉的後半部，蒲松齡又用很長的篇幅講述、描寫、交代了宋生非人而是鬼。而盲僧也非人而是鬼。前者生前才名頗具，但在科場屢屢不中，放蕩不羈，遊至京城，甲申年死於戰亂。而在去年宣聖王孔子和閻羅王到陰間巡查冤魂時，經考核，他被任命為冥府中的一個司文郎。這些日子是他上任前到京城報國寺裡故地重遊，走走看看。而盲僧是前朝的文章大家，因為生前不愛惜紙張，拋棄的字紙太多，死後罰他成為瞎子，讓他用醫術回到人間解救人們的病痛，所以他才會在報國寺裡擺攤行醫，鼻嗅文章。

〈司文郎〉的故事奇特而多變，後半部在今天看來不免累贅和多餘，但也正是這些「聊齋」和「志怪」，才是蒲松齡在那個謄寫完後，時代所能有的寫作和表達。

自然，也是那個時代的「生活與文化」。

·25·

這章涉及的小說從〈王子安〉到〈司文郎〉，說千道萬也就是為了再三地去證明，在《聊齋志異》近五百個故事中，書生幾乎是絕對的主人翁和故事源。沒有書生在，聊齋的故事也就無從講起，失去了故事生根發芽的土壤和種粒。書生在科舉制度下——如同今天有些人就業即失業的困境、悖論、絕處一樣；如今天大多的孩子要出人頭地、好好活著，就必須自幼發奮讀書，考取大學，而考取大學後，畢業即失業。這不是一個人、一代人的困境和絕處，而是自古至今所有讀書人命運的延續和重複。而在《聊齋志異》的現實中，與今天所不同的境況是，今天你考取大學——無論怎樣的大學，都是你的努力和家庭之付出。而在《聊齋志異》的科舉故事裡，是沒有書生經過個人努力而成為秀才、舉人的。一如蒲松齡個人的科舉之路，自十九歲到六十三歲的四十四年間，十次鄉試，十次落敗。據林宗源《蒲松齡生平研究新編》中的〈血淚科考之路〉一章介紹說，康熙二十六年（一六八七年），蒲松齡四十八歲時，是他一生最接近成功的一次科舉。此時的蒲松齡已積累多年大考之經驗、才學儲蓄足備、私塾授學又專講八股文，入考場接到考題始，便了然於胸，奮筆疾書。然在文章謄寫完了後，卻發現試卷隔誤一頁，上下文不相連接——這被當時稱為的「越幅」，即被視為違規，試卷要被考官攔截沒收，用藍筆注寫姓名，以示此次科考無效。這最可能成功的一次考試，以最為偶然荒唐的失敗而告終。蒲松齡由此收穫的是「覺千瓢冷汗沾衣，一縷魂飛出舍」。[1]如此我們便不難理解聊齋中的書生命運與科舉之路了。然而詭異、神祕、有趣的地方是，在《聊齋志異》的寫作中，那些失敗者又必然會得到狐狸、神鬼之幫助，成為秀才、舉人、進士而最終得到金榜、僚官、美妾和金銀。到這兒，一個最大的新悖論在蒲松齡的筆下被分散隱埋了，那就是書生們——人——的命運是絕望的，永在困境之中的，而好不容易脫離了人間苦難的鬼、狐和花木、動物、草蟲這些精怪們，卻為什麼偏要崇尚「人的生活」回到人間來？它們以「人和人的生活」為修行返世的第一目的和要義，而人的生活又是絕望、困頓、沒有出路的。一面是無盡地書寫人和人世之困絕，另一面又無盡地書寫非人者對「人和人的生活」之嚮往——這才是《聊齋志異》最大的矛盾、困境、悖論和現代意義，一如一個人明知前行必是死，又不得不為了活著前行一樣；而後者明明看到了前者之死亡，卻覺得那樣才是最好的活著與生命，才要為活著的信仰努力前行去求終果的活著和死亡。

1 林宗源：《蒲松齡生平研究新編》，科學技術文獻出版社，二〇二〇年。

第五講

書生的求取和非人的給予

在中國的古典文學名著中，沒有一部作品能夠像《聊齋志異》樣，將凡人的世俗生活當作人們活著的信仰去敬重和描寫。《紅樓夢》是一個時代中貴族興起沒落的大百科；《三國演義》的宏大敘事，決定了國家和英雄才是歷史的主角和書寫對象；《水滸傳》的打打和殺殺，是人世常態之追求，而人活著真正的日常——吃飯穿衣、男歡女樂、生老病死只是那打殺腳下的荒草與粒沙；《西遊記》中自然和人的真實生活是拉開距離的，它極盡地展示了生活與想像這文學雙翼之一翼的高飛和遠翔；《金瓶梅》倒確把世間的欲望寫了個淋漓盡致，然而在欲望和日常的天平上，終是不如《聊齋志異》更為多面、平正和均衡。倘要從這些書中找一部把那個時代的眾生相、百姓生活、各行各業、角角落落都寫到詳盡，大約也只有《聊齋志異》了。

從這個角度，可以說《聊齋志異》是拆散重組人間俗世的半部《聖經》吧。其中每一篇小說所展示的那個時代百姓的現實和想像，精神與日常，都構成了一部以人要活著為中心的經卷和聖典。

・27・

書生是那個時代可視為人之精神所在的希望的宏大階層，而當這個階層走向絕崖末途時，那個時代所有人的希望便三分渺渺、七分茫茫了——虛無成為了整部《聊齋》小說中人的雲罩和雨淋，而希望又來自狐狸、鬼怪、動物、植物、蝴蝶、蟲豸的人之生活。人的絕望與非人之人帶來的希望，構成了《聊齋志異》的精神平衡和藝術的光。世界是幽然黑暗的，人在這黑暗中惘然、蓬勃而有力地活著和奔走，可照亮他們腳下路道的，卻是非人之人帶來的光。

——希望不來自人和人世間，而來自非人之人來到人世為人的生活與期冀。

如果說一部《聊齋》最有力量的生活是人與非人在一起的溫暖和愛、

恩怨和攪擾，所有人世的庸常、欲望、俗念和行為，都借助了非人之人的生活才被展現的話，那麼在這部古典經卷中，人和人間才是滅光處，而非人之人才是生光的電源。到此《聊齋志異》開始真正有趣了。如同一條幽暗的胡同有了盡頭，並可見明滅隱現的日出一樣。之前我們說了，幾乎所有書生的前程都是狐狸、妖異、神仙給予的，他們高中秀才、舉人、進士的臺階，都是仰仗非人之人的修築，都借助了天意的安排和非人之人的善助和力量。如果退回到所有人的日常生活裡，非人之人又都為這種人世日常帶來了什麼呢？

專注於狐狸與書生的故事內，會發現，散落在小說情節、細節間的非人之人，為人所帶來的並非單純是世俗的成功和人的精神生活之滿足，還有無處不在的活著的基本物求和希望。〈王成〉並不是一篇多麼好的小說或故事，然在這個故事裡，我們可以看到來自狐狸的饋贈是多麼地現實和具體。小說的主人翁王成是一個官宦子弟，他生性懶惰，不肯吃苦，因此家境落敗、窮困潦倒，日子過得房屋漏水、缸底朝天，但終歸是子弟人家，品行還算端正。在這人生潦倒的一天裡，他偶然在村中敗落的一個花園內撿到了一枚金釵。依據王家的困窘狀況，這枚金釵可以讓他家買上許多米或麵，解去多日焦慮。然而王成沒有這樣做。他「拾金不昧」，在花園裡苦等著丟釵之人。也終於等來了一個老太太，說自己的金釵丟在了那兒。王成便把金釵還給了老人。故事到這兒沒有結束，而是剛剛開始。因為這個金釵，老太太感激王成的人生品性，彼此二人攀談起來，原來這位老太太是自王成出生就已隱居的奶奶。原來王成的奶奶是個狐狸女。原來她和王成的爺爺結婚後，過了一段日常美滿的人生，王成的爺爺死去了，她就離開王家回到山野隱居了。現在祖孫重逢，悲喜交加，而王成又過得日餐無米，夜炊無麵，這樣奶奶不光要教育王成「孫勿惰，宜操小生業。坐食烏可長也？」（孫子呀，你不要再懶惰了，應該做個小買賣。坐吃山空怎麼能長久呢？）並且告訴了王成做什麼生意，什麼時間開始做這生意好。於是，王成按照奶奶的指點，用奶奶給的一些小本錢，買了一批村織葛布，趕在某一天到城裡去賣。路上下雨，奶奶交代他要風雨無阻地趕到集市上，可他卻在路上的旅店裡住了兩天。結果，等他到了城裡，葛布市場最好最賺錢的時機過去了。從南方運來很多更好、更便宜的葛布在集市上。

這筆生意就徹底虧本賠錢了。

賠錢了，怎麼回去見奶奶？進一步，連剩下的本錢也在旅店被人偷走了。錢在旅店丟掉了，如果打官司，這錢應該由店主賠給他。可結果，王成沒有去衙門告店主，而是自認倒楣，認同命運了。店主有感於他的人品，給了他五兩銀子，讓他做盤纏回家。而他因為無臉見奶奶，就到城裡溜達，看到城裡的賭場有鬥鵪鶉的──在這兒，蒲松齡把買賣鵪鶉和戲鬥鵪鶉的經過、場面及王成的心理，寫得詳盡而具體，整個過程就是一段人生百態的《清明上河圖》。當然，其經過自然是起起落落，意外頻頻，讓人想到褚威格的小說〈西洋棋的故事〉中的場景和經歷，也想到《聊齋》中故事、人物都最為完整的名篇〈促織〉裡鬥蟋蟀的場景和經歷。王成先買的一擔鵪鶉在雨天莫名地全部死掉了，僅留的一隻似乎是鵪鶉中的英雄或將軍，如此便依著店主的囑託去鬥鵪鶉，結果時來運轉，好有好報，一贏再贏，連城裡最愛最會鬥鵪鶉的大親王，也都一輸再輸地敗給他。

最後，王爺用六百兩銀子的價格把王成的鵪鶉買走了。而王成，一波三折，最終賺了一大筆。回到家自然是歡天喜地，全家人興高采烈，在老太太的計畫安排下，王成買了三百畝地，蓋了樓房瓦屋，過上了衣食無憂的好日子。然後，這位狐狸奶奶不辭而別、無蹤無影了。小說也就到此結束了。

〈嬰寧〉在《聊齋志異》中，是又一部傑作名篇，其對狐狸女嬰寧的塑造，堪為典範——單純、狐魅、直率、溫柔又甜美，是狐中之絕豔，人中之絕代。但我們放棄這個美豔的故事去留心小說的開頭和結尾，會發現被疏忽的「人的日子即信仰」的書寫。

> 王子服，莒之羅店人，早孤。絕惠，十四入泮。母最愛之，尋常不令遊郊野。聘蕭氏，未嫁而夭，故求凰未就也。

譯文為：

王子服是山東日照莒縣羅店人，幼年喪父，而人又絕頂聰明，十四歲就成了秀才。母親百般疼愛，生怕意外，平常連他到郊野遊玩都不讓。後來給他說了門親事，姑娘姓蕭，人還未及嫁來就死了，所以一直是獨身。

這是〈嬰寧〉小說的開頭，幼小喪父，之後剛剛訂親未婚妻又突然死亡。悲傷嗎？悲到漫漫黑夜無天明，不盡寒冬無柴暖。就在這悲苦交加時，嬰寧出現了。她容華絕代，笑容可掬。和其它狐狸女的愛情故事一樣，她們的出現，必然是在書生最無奈、寂寞、絕望的時候，如同百般苦寂、暗黑、模糊的時光才能帶來黎明一樣。而所有黎明的光，也都是為了照亮這最幽深、無邊的黑暗和惆悵。美好、甜蜜、浪漫，佳人配才子，溫暖驅寒涼。然後種種曲折、種種彎繞、種種前世的因果和必然，到了故事的最後：「女逾年生一子，在懷抱中，不畏生人，見人輒笑，亦大有母風云。」（過了一年，嬰寧生下一個兒子，這孩子在娘的懷抱中就不怕生人，見人就笑，大有母親的風度秉性。）小說著筆最豐滿的地方，自然是王子服和嬰寧的家庭與愛情，但將這個結尾與開篇對應起來時，才回味發現，小說開頭不光寫了王子服早年喪父，同時也暗示了他是孤子單傳，所以母親才不讓他到郊野走動，唯恐發生不測。而故事的結尾，則寫到他婚姻美滿，第二年得來一子，到此小說便戛然而止了——狐狸女不僅給王家帶來了溫暖美滿的愛，還帶來了維繫煙火不絕的後代。

現在，我們來看第三篇小說〈酒友〉，故事並不複雜，沒有男情女愛，沒有淒風苦雨。人物車生，只是一般人家，人生之愛，以酒為樂，說白了就是一個民間酒鬼。每天都是不喝不醉，不醉不睡。這一天他又喝高了，躺下睡醒後，發現身邊還睡著一隻毛茸茸的狐狸。原來是他喝高睡下了，狐狸來喝了他的酒，也喝醉睡下了。從此二者成了酒友知己。緣於車生家的日子並不富裕，買酒的錢總是緊緊巴巴，於是狐狸告訴他說，離這兒東南七里地，路上有人丟失了兩塊金子，你可去把它撿回來。車生朝著東南走，七里後在路上果然拾到兩塊金子，這下有錢買酒了。再後來，他們情誼日深，狐狸又告訴他，你家院後的窖裡藏有東西，應該把他挖出來。車生果然在後院挖出了十萬多錢。為了不坐吃山空，誤把這些錢全都喝酒喝掉，狐狸又讓車生在市場上蕎麥便宜時，用這錢全都買了蕎麥，大屯大積，滿倉滿庫。結果下一年天下大旱，蕎麥價格瘋漲，車生賣了蕎麥，賺了大錢，買了二百畝地。車生聽從狐狸的安排，狐狸讓種什麼就種什麼。於是年年豐收，日漸富裕，使得狐狸成為車生兄弟般的親人，如此車生一家，過上了平靜小康的日子，直到車生死後，狐狸才從這個家中消失。一篇〈酒友〉，故事風趣幽默，狐狸的形象鮮明飽滿。雖然在情節上多有雷同〈王成〉中奶奶回到王成家給王成賜福引路，但卻又一次讓我們體會到了，非人之人的狐狸在給人和人世帶來希望賜福時，帶來的希望之光幾乎都是人間煙火的必須品——土地、錢財、兒女和身體的愛。由此漫及到其它小說中，〈蓮香〉、〈連瑣〉、〈毛狐〉、〈青梅〉、〈鴉頭〉、〈胡四相公〉、〈小翠〉、〈小梅〉、〈張鴻漸〉等，凡為狐狸、鬼魄到人間，與人有恩賜情愛和期冀之作品，那些希望的光，都不與我們今天所說的精神有直接對應和連繫，都在小說中轉化為人生在世活著的——必須的物。哪怕是一種相對粗俗的愛，也一定都以世間人生中必須的物的形式而出現。

·28·

比起《聊齋志異》中那些熠熠生輝、纏綿溫潤的愛情故事，〈毛狐〉幾乎可以用粗俗、簡陋來說明。沒有書生的風流倜儻，也沒有狐女沉魚落雁的美貌和婉約，所有的就是「我要什麼」和「你能給我些什麼」，直接了當，一如筷子和粥碗的關係，是再好不過的一篇狐狸——非人之人——為人的活著給予之「物」的明證了。

要什麼？

農民馬天榮，二十幾歲年輕時，妻子死掉了，又因為家境貧困，而無力再續弦娶妻。這時候，他缺什麼呢？他缺的是性生活。就在這性飢渴的苦悶中，一天馬天榮在田裡除草，有位穿著豔麗的少婦，踩著他家的禾苗、踏著田籠走來了。馬天榮看四周無人，就上前挑逗戲弄這少婦。而這少婦面色紅潤、情致風流，竟也沒有拒絕他。在這套由中華書局二〇一五年出版的《聊齋志異》的版本中，題解評論說，馬天榮「欲與野合」，正與魯迅筆下的阿Q見了吳媽說的「我要與你睏覺」同腔同調。而此一處的理解，除了男性的索取外，也還可以從狐女方的甘願給予去切入。馬天榮

「顧四野無人，戲挑之，婦亦微納。欲與野合，笑曰：『青天白日，寧宜為此？子歸，掩門相候，昏夜我當至。』馬不信，婦矢之」。（馬天榮看四周無人，就迎上前去挑逗戲弄她，少婦似乎也不拒絕。馬天榮就想要與她野合，少婦笑著說：「青天白日之下，怎麼能幹那種事呢？你回家後，虛掩著房門等著我，黑夜時我一定去找你。」馬天榮不相信，少婦一陣兒賭咒發誓。）

關於性——這一肉慾的物，與其說是馬天榮在這兒向少婦索要的，倒不如說是少婦在他需要時，久旱逢甘霖一樣奉贈給他的。半夜她果真推門進來了，同床共枕，相悅相愛，到了極處時，馬天榮問少婦是不是狐狸女，少婦毫不掩飾地承認自己就是狐狸到人間的人。於是，一切都來得更為簡單和直接，絲毫不再有遮遮掩掩的婉轉暗示了，赤裸裸地進入了「人生日子需要什麼」、「你能給我什麼」了。待馬天榮知道了少婦是隻狐仙後，他面對狐仙道：「你既然是一位仙人，自然是心裡想要什麼就能得到什麼了。你看現在我已承蒙你的眷愛，彼此夫妻一樣，我現在日子過得如此貧困，你下次來能否給我帶些銀子來？」狐仙答應了，然卻一拖再拖，直拖到又多次見面，不能再拖，才給馬天榮將二兩銀子帶過來。又一次翻雲覆雨，兩情相悅，彼此歡樂之後，馬天榮去使用這些銀子時，發現這些銀子是假的。它不是銀子而是錫。下次見面，自然有些不快，從此二人情感有隙，直到因為彼此的肉體需要，忘了這件事情。然而終於有一天，狐狸再來時，帶來了三兩真銀子，告訴馬天榮說她要離開了。這三兩銀子正好夠他娶回一房媳婦來。三兩銀子也就是三千文。三千文錢能值多少錢？連闊人大戶的一頓飯錢都不夠。然而少婦狐仙說走就走，從此再沒找過馬天榮。後來馬天榮找對象，對方家只要二兩銀子為訂禮，媒人的辛苦只要一兩銀，也剛好加在一起是三兩銀子錢。馬天榮娶回的妻子是什麼樣的一個人？「擇吉迎女歸，入門，則胸背皆駝，項縮如龜，下視裙底，蓮舡盈尺。」（選好良辰吉日迎娶女子過門的時候，馬天榮才看清女子雞胸駝背，脖子縮著像烏龜一樣，再往下看，裙子下邊的腳，像小船一樣大，有一尺來長。）

在整部《聊齋志異》八十餘篇抒寫狐狸的小說中，〈毛狐〉字數不多，情節緊湊快捷，而人物則鮮明躍然，風格上的譏誚和諷喻，如同一片依依柳林中，獨自蓬開的一棵左衝右突的棗樹般。就是將〈毛狐〉放在二十八篇人狐愛情小說中，也依然顯出一棵棗樹居於柳林的迥異，想蒲松齡著墨書寫這個故事時，也是忍不住要發笑有聲的。而我們在討論這篇小說時，不是說它的風格和趣味，而是說故事中的人——馬天榮，見了少婦狐狸直接的索要，和少婦見了馬天榮直接的給予和不給予。直接的物和性慾，最可以說明人向非人要什麼，而非人的狐狸給人和人的生活帶來的是什麼——

是性愛、財物和過日子的必需品。說得更為具體些，就是愛與性的滿足與人生日子中的物求之滿足。就《聊齋》的書寫而言，無論是對明清社會科舉制的現實刻畫，還是在虛構中對科舉黑暗的揭露與批判，都在呈現著書生的索求和以狐狸為代表的非人的給予和補償。書生的求，是向現實社會的索取和討要；而非人的給，是非現實的存在之給予。這種懸置的補給和償還，如同你餓了我給你許多白雲做的饅頭；你渴了，我給你望梅止渴的口津生水。但這些白雲饅頭，止渴畫梅，也正構成了小說精神的存在和真實，只不過這種小說精神的真實不在人的精神上，而在人的活著、滿足的物質存在上。

換句話說，在《聊齋志異》的寫作中，大凡在人與非人之人的相交、共生故事裡，人——無論是官僚貴族、普通衙役、讀書人、商賈者、農耕者和任何邊邊角角的生存者，只要他們和非人之人同在一隅房檐下，千折百轉的來回和跌宕，自始至終都圍繞著人的生存——活著和更好地活著展開的。所以，在這些狐仙鬼魅、花妖樹怪的奇異寫作中，一邊是超越生活的；另一邊又是永遠沉溺於生活，日常生活中的柴米油鹽、生老病死、男歡女樂和富貴欲求，不僅是人活著的必須和求有，更成為了人和非人之人，共同活著的宗教和信仰。

· 29 ·

信仰是人的一種極限的崇拜和追求。那些將宗教視為信仰的人，便為宗教之信徒。而將自然山水與人的和諧視為信徒的人，則為自然之信徒，如同信仰老子和桃花源般。如此論，有人以科學為信仰，有人以體育的極限為信仰，還有的人，僅僅視能在人世安順地活著為信仰。在蒲松齡的故事裡，非人之人的信仰就是回到人世來，和人一樣活在人世間。回到人世，安閒自得地活著，與人同在一個屋簷下，就是他們最大的崇拜和追求。從這個角度說，我們視我們的生活為世俗和庸常，而非人之人，則視這些世俗庸常為宗教，為最大的追求和崇拜。這是《聊齋志異》寫作對以人為中心的文學最大的創造和貢獻，它完成的不僅是非人之人和人在一起，有了文學和故事，而且人才是人類世界的中心、信仰、宗教和哲學。

·30·

出身於小商家庭，十九歲應童子試，接連考取縣、府、道三個第一。一六五九年，這是蒲松齡人生巔峰的開始，也是他科舉巔峰的尾末。今天的我們，除了想像已經無法體會一個人在他的故鄉淄川是怎樣少年得志，使其家族、地域和他個人，都對其人生充滿著怎樣的渴望和期冀。而在接下來的數十年歲月裡，到來的卻是在科舉中屢試不第、次次落榜。其人生的輝煌，從太陽初出的光芒裡，就開始映照出日落的夕輝來。這樣年年不中年年考，年年應考年年落，直到五十二年後他從十九歲的少年來到七十一歲的老年，才成為一個歲貢生——有資格升入京師國子監讀書的人。這其中的人生之酸苦，絕非我們今天大考不中的心酸哭泣所能體會和表達。緣於蒲松齡有著半個世紀難以排解的屢考屢敗的「書生情結，因此（在他的小說中）有了美人憐才夜奔、意外獲得大筆金銀、嬌妻美妾、良田廣廈等等美好結局。其中的種種白日夢情結，其實是作者創造中的一種補償心態」。[1]這裡談到的「補償心態」，是幾乎所有研究者認同的蒲松齡寫作的動機與共識。然而被大家忽略的一個問題是，非人之人——狐狸、鬼異花樹和仙妖等，他們為什麼要渴求戀戀地到人間過人的世俗生活

1 孫雪瑛：《詮釋學視閾下的《聊齋志異》翻譯研究》，上海三聯出版社，二〇一六年。

呢？當然，蒲松齡的寫作要讓他們這樣他們不得不這樣。是文學拯救了他們，也是文學限制了他們。是文學給予了他們生命，也是文學只給予了他們這樣的生命。然也正因為這樣——只有這樣，美的、醜的、豐富的、簡陋的、細柔的、粗俗的，如此等等，人間的世俗和繚亂，在蒲松齡的寫作中，才得到了豐富怪奇、卻又如信仰般神聖的描寫，使人的日常歡樂與幸福、悲苦與心酸，走向了最具體實在的敬重和尊崇。也正緣於此，那些所有非人之人，才成了有生命的人、人間的人，可以情、可以性、可以物、可以慾、可以仇怨，可以寄予未來的期冀或絕望、可以給予想像和實在的對象物。人的到來，在「它們」成為他們後，使得整個《聊齋志異》中的虛無和絕望，得到了填補和平衡；使得作者所呈現的巨大的、虛無絕望的淵谷和懸崖，被繚繞升騰的世俗蒸氣所掩蓋，並在懸崖的邊沿圍就了安全的護欄和繩索；使得讀者看到了「虛無的實在」而身臨其境，又不近至絕處，為活著提供了文學的營養和意義。

也可以這樣說，《聊齋志異》緣於蒲松齡個人的「補償心態」而產生，但它卻填補了整個人世的虛無與絕望，從而使最世俗的日常與夢想，得到了神聖的尊崇和敬拜。讓所有低微者活著的欲望和願念，擁有成為合法的信仰和審美之可能。

·31·

是否還可以這樣說，《聊齋志異》寫盡人世在現實中的虛空、絕望、貧窮、黑暗、落第、戰爭、不公等天災與人禍，這構成了現實的人世地獄。而在非人補救這些人世地獄的虛空、絕望時，他們給予的幾乎全都是物和慾的滿足，使人得此活著去漸生、感受產生於物滿之後的精神和意義。

《蒲松齡與《聊齋志異》研究》[2]是一部下足功夫的研究專著，在它精細嚴肅的開篇中，作者稱譽蒲松齡為「人民藝術家」。倘若蒲松齡在天有靈可以感受這稱頌，會讓他的家人大慶三天，且都喝茅臺的。在了解《聊齋志異》和蒲松齡的寫作上，這部專著是可以幫助人們推開寬闊門扉的一部書。在談到《聊齋》的鬼狐寫作時，作者在蒲松齡龐雜博大的近五百個短篇故事中，將涉狐、涉鬼的作品進行了詳盡的分類和統計，並用圖表把這種篇目一一地標示在了圖表裡。這個統計顯示出，《聊齋志異》中共有涉狐故事為八十二篇。在這八十二篇中，另外一部研究專著（《詮釋學視閾下的《聊齋志異》翻譯研究》）則稱人狐戀的故事為二十八篇，占其總量的三分之一。現在我們沿著這嚴肅有趣的道路往前走，在那些最具才情、璀璨誘人的明珠篇章內，除了皇榜、愛情、性慾、土地、金銀、樓屋，人與非人之人的索求和給予，是怎樣一種連接和關係。在〈嬌娜〉一篇中，孔生一人相逢了三個狐狸女，分別是香奴、嬌娜和阿松。香奴，是男狐皇甫主動將其叫到孔生面前的。阿松是皇甫主動介紹給孔生為妻的。而嬌娜，是孔生一見傾心而心心相印的。在〈青鳳〉一篇中，風流倜儻的耿去病，主動找到了狐狸一家去。可在席桌上，不僅狐狸一家的主人主動把妻子叫出來去陪耿生，還讓侄女青鳳出來飲酒和陪客，結果是「生隱躡蓮鉤，女急斂足，亦無慍怒」（耿生悄悄地在桌子底下用腳踩了一下青鳳的小腳。女郎急忙縮回腳去，但臉上卻沒有惱怒的表情）。而至〈嬰寧〉一篇後，則發展至在郊遊的路上，王子服目不轉睛地盯著嬰寧看，而嬰寧則主動把手裡的梅花從車上丟下去，使王子服撿了那梅花，終成彼此婚合的情證物。再到〈蓮香〉裡，書生桑曉寓居在屋，傾國傾城的梅女狐仙蓮香飄然而至，並向桑生說自己是西街妓女，讓桑生不用有什麼擔憂和包袱，於是二人熄燈上床，極盡親密。之後每三日五日，必來一次。繼而又來了李姓姑娘，十五六歲，削肩垂髮，風流秀麗，走起路來體態輕盈婀娜，稱自己仰慕桑生，盼望得到愛憐，也便主動脫了衣服，將全部的身心

2 汪玢玲：《蒲松齡與《聊齋志異》研究》，中華書局，二〇一五年。

獻給了書生桑曉。在這種「索與予」的關係裡，延伸至〈毛狐〉、〈青梅〉、〈胡四相公〉、〈鴉頭〉、〈荷花三娘子〉和〈郭生〉等，直到《聊齋志異》最後的〈小翠〉、〈小梅〉、〈醜狐〉和〈績女〉，我們從這一整串的故事裡，終於看到凡是人狐相愛的，不是狐女的「不拒絕」，便是狐女的「送上門」。由此再到非情戀的科舉、財產、土地篇章中，幾乎所有的故事都是狐狸「自願給予」和「主動給予」。這就讓一個有趣的問題來到眼前了——凡在人與非人之間發生愛情、財物和求取前程的故事裡，人是獲得方，而非人之人都是贈予方，雖然所有的研究者都認同「補償心理」說，但這些非人為什麼要贈予？

——之所以要犧牲和贈予，是他們要回到人間來，要過人的生活成為人。或說要重新成為人。

在這兒，人和人的生活——真正成為了蒲松齡的寫作之中心，而非這部巨著中的狐妖怪異和所有非人類的它類物，哪怕《聊齋志異》最早的書名是為《狐妖傳》。

・33・

在《聊齋志異》所有的短篇小說裡，絕多是非人之人來到人世主動向人贈予的，這構成了《聊齋》的主音和華彩。也還有一部分，是非人之人到人世來索取攪擾的。這少量的篇目讀起來，令人生厭和煩惱，比如人死了，還要詐屍走在活人的世界帶走他人生命（〈屍變〉和〈噴水〉）；即便是廟裡的泥塑，也要到人世討要公道，譴責人對其不尊的憤怒與喝斥（〈泥鬼〉）；明明死了埋下了，還要回來阻礙妻子再婚（〈金色生〉），自己死去後，因妻子貪財改嫁、拋棄兒子，多少年後還要從地府回到人間來，把妻子抓到兒子面前暴打訓誡（〈牛成章〉）。在這部分的鬼篇怪章中，非人回到人世不是討要就是尋仇和索命，讀來讓人不適，並有一種鄙視憤怒感。但這些小說從另外一方面，也正說明這些「鬼人」對活著的人的探求和嫉妒，對「人的生活」的不捨和眷戀。

在關涉狐的小說中，有相當數量篇目寫了狐狸對人的生活的攪擾和破壞。如僅有百言的〈狐人瓶〉，寫一個村婦無端被一隻狐狸擾害的故事。〈九山王〉則是人與狐結仇殘殺，恩怨不散。〈遵化署狐〉則寫了群狐到人世，住在遵化的衙門裡，狐日漸增多，民無安寧，最後不得不成公案。有道臺為民除害，就是群狐甘願搬走，道臺也要趕盡殺盡。結果除了少數狐狸逃生外，餘皆被大炮轟滅。小說的結尾，自然是冤冤相報，在道臺將要晉升離開時，有狐狸變成老人，狀告朝廷，說道臺如何貪汙腐敗，有多少多少銀子在哪兒埋藏著。有案必究，天網恢恢，這道臺最後的結局可想而知了。然無論這類小說有多少中國傳統的「報應」之意蘊，都遮蔽不了狐狸（非人之人），對人世生活的嫉妒和愛。而愛人世生活這一點，也正是蒲松齡對人和世俗生活的最大的尊重和理解。在整部《聊齋志異》的涉狐故事裡，有兩個被我們幾乎遺忘的小說，一是卷三中的〈胡氏〉，另一是卷九中的〈金陵乙〉。前者故事清晰而近乎童話，也著實被當作有童話色彩的小說來分析。故事講清時直隸省有一大戶想請一位先生，便來了一位胡生——在《聊齋志異》中，狐狸的姓是多半為「胡」的。胡生在主人家裡為先生，教書勤勉，學識淵博，不類凡俗。然而這胡生在他的教書生涯裡，看上了主人家的女兒，想娶其為妻。於是請了媒人來說媒。而主人嫌胡生不是人類沒答應，如此媒人和主人先善後惡，其後吵鬧起來，及至隨著故事的發展，形成了一場人狐戰爭。在狐狸一方，有騎兵、有步兵，有的執戈、有的挽弓，來勢洶洶、人馬嘶鳴。在主人一方，投石放箭，吶喊衝殺，雙方激戰一場、兩敗俱傷。然而在狐軍退去之時，人之一邊，發現丟在地上的大刀，原來是高粱葉子；長矛短槍，也不過是樹枝木棒。於是人一方更為力壯大膽，待來日再戰，即便狐人派出巨人打殺，人的一方也無所懼怕。其結果，狐敗而退，所謂的巨人，不過是個稻草人而已……如此反覆械擊相鬥，到故事的尾末，是胡生和主人又坐在桌前談判講和，於是主人道出了不把女兒嫁給胡生，是對非同一族類生活的擔憂，但說自己有一個兒子年方十五，再過幾年願意把兒子送到狐府做東床快婿。如此胡生也十分高興，說自己剛好也有一個妹妹，比令郎小一歲，如果她再長幾年，能侍奉公子也相當不錯。

從教書先生，到刀槍相見；從想要娶主人家的女兒為妻，到最後願把自己的妹妹嫁給人家為妻。故事的重點不是說它的童話色彩，不是說胡生沒娶走人家的姑娘，反嫁去了自己的妹妹。而是說，在八十餘篇的涉狐小說裡，在近三十篇的人狐愛的故事中，這是唯一一篇非人的狐，要娶人女為妻的故事和寫作，是唯一的一篇狐狸向人索要愛情的努力，雖然這次求愛是失敗的，以胡生將妹妹如同其它故事一樣嫁給人類為結尾。不要去談這個故事中的族類平等和索取之賠賺，作為僅有的狐人向人類的求婚和索要的故事，從中更能看出蒲松齡對人的世俗生活的愛以及對人和人的生活為中心寫作的訴求和堅定。

〈金陵乙〉可以說是短篇小說，也可以說是個善惡有報的短故事。金陵某人乙，賣酒為生，善在酒中添加麻藥，製假賣假，發了大財。有一天，他看到有隻狐狸醉倒在了他家的製酒作坊裡，捆住欲殺時，狐狸哀求放了它。如此某乙知道同街孫姓的媳婦被狐狸騷擾，也正是這隻狐狸做的惡。而某乙又是早就看上了孫家媳婦的人。他就讓狐狸幫他成其男女之好，否則他就殺了它。狐狸為了活著，也就答應了，夜裡領著某乙到孫家去，給某乙一件上衣讓他穿起來。某乙一穿也就變成了一隻狐狸到了孫姓家。故事的結尾是，某乙沒有得成好事，最後還惡有惡報死去了。單獨去看〈金陵乙〉，並沒有什麼奇特和別樣，無非是狐怪小說中的一篇吧。然將其和〈胡氏〉並置，我們看到了在狐愛的故事群，〈胡氏〉是僅有的狐男渴望討娶人女為妻的一篇，它構成了人狐戀的一個反向和逆例，佐證著狐向人的靠攏和趨近，再次證明著人是《聊齋志異》之根本，人生人世是蒲松齡的寫作之根本。而〈金陵乙〉，在近百篇狐變人的故事中，僅有此篇是人變成了狐。雖然故事仍有傳統的佛教輪迴報應觀，但此一小說與〈胡氏〉構成了對應和相輔：〈胡氏〉寫的是非人向人和人世靠攏，為了靠攏不惜發起戰爭而至死亡。而〈金陵乙〉，恰恰寫了人如何疏離人。這個疏離不是某乙的人性和道德的惡，而是人變狐讓人脫離了人。這個疏離和脫離，使人想到卡夫卡的〈在刑放地〉和《飢餓藝術家》，它們都是寫人之疏離、脫離人的過程與結局。〈金陵乙〉最終讓人變成了一隻狐，而〈在刑放地〉和《飢餓藝術家》的故事裡，軍官、士兵和藝術家，卻永遠都在和人的疏離過程中。這個永遠都停在「變」的過程中和一變永逸之差別，也許正是古典與現代性之間的差別之一吧，但畢竟在三百年前的小說中，蒲松齡就已經讓我們看到了人與人的疏離和距離，看到了異化的存在和荒誕。

第六講

從地府冥都回來的人

·34·

理清了《聊齋志異》中的狐狸「是從哪裡來，要到哪裡去」，就可以抓到《聊齋志異》中非人之人——鬼，「為什麼離開這兒又要回到這兒」來。

就小說分類的篇目講，《聊齋》中人狐故事有八十餘篇，而鬼異故事則多達一百七十六篇。《蒲松齡與《聊齋志異》研究》還把這一百七十六篇的鬼故事，分為人鬼戀、冥府吏治、惡鬼害人、善鬼助人、神人仙子、輪迴果報、奇癖痴迷、鬼情人話等八個類型，彷彿人類的工種職業、差異類別，可謂詳盡具體，有章有法，想聽、想看什麼樣的鬼故事，字典般一查一翻就有了。然而這些鬼，為什麼都成了此樣而非彼樣？它們共同的目的是什麼？「人性」的差異是什麼？在將近二百篇的涉鬼故事裡，它們彼此有什麼相同和不同？作為非人之人（鬼人）在現代寫作中，到底還有沒有現代意義和可能性？這是我們這一章的重點和側重面，而不是那些鬼故事的恐怖、奇趣、美愛和分類。

·35·

人類文化的無序和龐雜，是可用包羅萬象去概說的。人類文化歷經數千數萬年，鬼文化是人類文化的重要脈支。由自古至今人類的死亡、喪葬、紀念、招魂、祭祀、回憶、冥想、夢念和傳說所誕生衍化出來的鬼文化，是人類對自身生命困惑和解說的一種歷久不衰的方式與存在。哪怕到了二十一世紀的今天，科學彷彿又一顆太陽照亮著人類的思維和大腦，但鬼文化也一樣如夜月星空樣，陪伴著我們。

星月在，鬼文化就永遠在。

星月在，鬼故事也就永遠在。

從《山海經》到《搜神記》，再到《西遊記》和《聊齋志異》等，有關鬼異人物的故事和小說，一如從遠古崑崙淌下的一條河流在大地、山脈間流淌和激蕩，在所有的中國古典寫作中，幾乎沒有鬼魔妖異故事是不被稱為小說的。甚或，沒有鬼異在，也就沒有故事在。鬼——終於到蒲松齡筆下蔚為大觀、千姿百態，一如人世般應有盡有了。一部《聊齋志異》的鬼故事，蓬林叢生、蒿野四放，宛若一處遍地喬木棘林和樓屋草院相輔相成的村莊、林地和田野。有人的地方就有草木和田野。有田野的地方就有莊稼和荒塚。有荒塚的地方就有從地府受盡煉獄之苦或得了賞勵回到人世來的鬼（非人之人）。他們和我們在同一天空下，同一時空中，共同地生活和存在，演繹著人類共有的悲歡、善惡和生死，從而產生了千幻百變的蒲松齡式的鬼故事和鬼小說，為我們留下了一片一串的經典和罌粟花。寫人鬼美戀的〈蓮香〉、〈連瑣〉、〈聶小倩〉、〈林四娘〉、〈章阿瑞〉、〈辛十四娘〉、〈小謝〉、〈梅女〉、〈錦囊〉等；寫惡鬼故事的〈畫皮〉、〈屍變〉、〈噴水〉、〈泥鬼〉和〈商婦〉；寫善鬼的、〈王六郎〉、〈葉生〉、〈水莽草〉、〈杜翁〉、〈司文郎〉和〈於去惡〉；對應社會吏治的冥府吏治故事如〈僧孽〉、〈閻羅〉、〈城隍考〉、〈考弊司〉、〈司文郎〉、〈席方平〉、〈王十〉和〈周生〉；還有寫仙人的〈翩翩〉、〈蓮花公主〉、〈鄱陽神〉、〈雲翠仙〉、〈青娥〉、〈仙人島〉、〈雲蘿公主〉；及多達三十來篇的報應鬼和鬼使人情的〈長清僧〉、〈四十千〉、〈長治女子〉、〈促織〉、〈王成〉、〈祝翁〉、〈耿十八〉、〈牛成章〉及〈湘裙〉等，在這些經典的鬼篇故事中，除了對應人世制度的冥府吏治篇，其餘故事與涉狐故事一樣，都是這些非人的鬼，一心一意要回到人間來，或已經回到了人間來。而與涉狐故事最為不同的，是狐狸原本為非人，是為了生活在人間才向人間靠近的，是要變化為人而擁有人之生命的。而鬼——這不一樣的非人之人，他們原本是人而成為了鬼，要回到人間就是要重新回到他們的家。從而——回家——這一巨大的意象，如同《奧德賽》成為了人類最大的精神象徵出現在了這些中國小說中。「家」與「回家」這兩大精神空間有形無形地散播、籠罩在貌似凌亂、章法不一的涉鬼故事中，如同被深埋在荒地下的竹簡書的家譜、祖家世系和一條尋根回家的路，那怕是與這一意象毫無牽掛的小說如〈畫皮〉、〈泥鬼〉、〈商婦〉等，我們一讀再讀時，都會讀到他們從人間到冥府去的因由和又從冥府回家的路，即使沒有奧德修斯與特洛伊戰爭那樣驚天地、泣鬼神的離家緣由，沒有十年返鄉的艱辛和苦難，但卻有著另外的離家、回家的路線和詩意。

一句話——鬼，都是曾經有家而要返鄉者，他們是有「人根」的人。而其餘非人之人，都是本無「人根」的人。

·36·

在蒲松齡的筆下，一百七十餘篇的人鬼小說中，有多數作品中的鬼，是只有鬼生而不見人生的。他們一出現，就已經是鬼了，而沒有讓讀者知道他們為什麼是鬼——他們曾經的人生過程怎麼樣。但我們絲毫不懷疑，他或她雖現在是鬼，但他們的過往——前世理所當然曾經是人、是有過人生過程的，如同奧德修斯在回家路上沉默不言時，我們反而更能體會他與家和特洛伊戰爭的生死聯繫。還有部分小說，蒲松齡寫他們的鬼生鬼世時，詳盡交代了他們在前生人世活著時，曾經的人生和經歷——之所以他們的鬼生是這樣，是因為他們的人生曾經是那樣。

《聊齋志異》全部非人之人的寫作——狐仙鬼怪，異花仙草，天上人間，地府冥界中，鬼與其它非人的生命最根本的不同是，他們都曾經有前世之人生，有過人的生命和過程。他們的差別是人根的有無。關於人根的前世與今生，這裡我們勿需討論人生輪迴說，而是說在《聊齋志異》中，鬼的脈象邏輯是深含「我從人間來、再到人間去」的回家精神和存在意義，同《奧德賽》有完全不同的時間、空間中的相似和聯繫。

在鬼故事的人根敘述中，來脈去處交代得最為清晰的是〈耿十八〉、〈祝翁〉、〈魯公女〉、〈公孫九娘〉、〈辛十四娘〉、〈章阿瑞〉、〈梅女〉和〈司文郎〉。〈耿十八〉在所有的「回家」小說中，是最為世情的，讀來哀傷動人，結尾又狹隘深刻，讓讀者感動而糾結。新城的耿十八，常年有病，為正常死亡，然緣於他生前為人良善，知情達理，在臨死一刻還和妻子說，因著家境困難，我死後你守寡或者改嫁，都由你自己決定。之後他死了，在去往冥府報到的荒野山路上，途經在「思鄉地」的「望鄉臺」，他抬眼一望，看到了家境的窘迫和悲傷，母無人養，妻無所依，於是和另外一個思鄉者，從思鄉地逃回到了人間——他又回家了，從鬼又活到了人。這篇小說最側重寫的是他「為什麼要回來」，而不是一個人的鬼生和人生。然而當他從鬼生回到人生時，這個故事奇特的結尾到來了——耿十八，從此和他的妻子不再同床了，為什麼？因為他生前讓妻子選擇他死後她是守寡還是再嫁時，妻子思忖良久，悲傷地說：「家無儋石，君在猶不給，何以能守？」（家中連一小甕米都沒有，你在的時候都不能維持，你不在了剩下我一個人如何守寡？）在〈耿十八〉的小說故事裡，妻子對丈夫說了後，耿十八是什麼反應呢？「耿聞之，遽握妻臂，作恨聲曰：『忍哉！』言已而沒，手握不可開。妻號，家人至，兩人攀指，力擘之，始開。」（耿十八聽了，緊握著妻子的手臂，恨恨地說：「你好忍心呀！」說完就死了，而手緊握著不肯撒開。妻子呼喊起來，家裡人來到，兩個人使勁掰開耿十八的手指）。

一個狹隘、卑微、善良而又自私的底層人，被蒲松齡的幾言幾句，塑造得活靈活現，入木三分。他之所以要從去往陰間的路上逃回來，也許是不捨這貧困茅舍也許更多是不忍看妻子改嫁到別戶人家成為他人妻。之所以要回家，是因為人性中的私念和狹隘。之所以回到了家，是為了彰顯人性中的那點幽暗和複雜。相比〈耿十八〉，〈祝翁〉則是一篇「反回家」寫作，這篇小說把人性、愛和生死，寫到了極致的溫馨和美。濟陽縣的祝老翁，死後被放入棺材時，在大家的哭聲中又返陽活過來了。為此一家人皆大歡喜，問祝翁這生死之事，他對老伴說，我剛離開時，想一病多年，活著也是受罪，決心不再返回了。可在往陰間的路上，走了幾里後，轉念又一想，我走了，拋下你這副老骨頭，在兒孫們面前，不知人家孝不孝順，對你好不好，怕你活著也生無樂趣，倒不如咱兩個一塊離開這兒我也放心些。」一對老人，終生相守，生不能同來，但死可同去。沒有驚天動地的愛情，沒有哭哭泣泣的纏綿，但卻有刻骨銘心的平靜和溫暖。就這麼在半遊戲的生死間隙裡，祝翁讓老伴穿上壽衣和自己一塊躺在床上了。意外而又合理的問題是，老伴穿好壽衣和他一起躺在床上後，結果他們竟平靜地微笑著，果真手把手地共同赴死了。

〈祝翁〉和〈耿十八〉，在整個蒲松齡的寫作中，既無〈青鳳〉、〈嬌娜〉和〈畫壁〉那麼美豔的愛，也無〈考弊司〉、〈葉生〉和〈司文郎〉那樣的揭露和批判，更無〈畫皮〉、〈屍變〉那樣的令人驚懼和悚然。娓娓道來、含情脈脈，然而卻一冷一熱、一幽一光，寫盡了人間世俗中生死的溫暖和嫉怨，道盡了民間最為卑微者的人之根——離家之由和回家之源在，皆是最不被關注的平常百姓對活著、炊煙和呼吸的不捨和斷離，如同一雙踏在塵世小道上的腳，對塵土的愛戀不捨一樣。非男女情愛的俗世常情決定了他們的生，也決定了他們的死，是他們的去之由，也是他們的回之緣。離開或回來，人間或地府，決定他們走向的，正是這些最不起眼的生趣和死味。

相比這兩篇滿帶塵土曖昧的小說，〈梅女〉是不能繞過的、最具代表意義的人鬼情戀傑作了。

一個叫封雲亭的人，偶然從太行來到郡城。因為年少喪妻，不免情有所思，恍惚間看到對面牆上有一少女的人影在晃動，如同一張被風吹著的畫。後來這人影愈來愈飄忽，封雲亭就從床上起來走到牆下邊，看到這牆上的少女秀美愁苦，脖子上還有一根繩索。他知道這少女是個吊死鬼，便問少女有什麼冤，少女從牆上走下來，舌頭還垂在嘴外，如此有個聲音說：「你我萍水相逢，如果你能幫我把脖子上的繩子拿下來，讓我的舌頭回到嘴裡去，對我就恩重如山了。」封雲亭答應了少女。少女轉眼不見了。一切都歸於寂靜和安好，恍若夢一樣。為了幫助這個鬼少女，封雲亭去找房東說了自己剛才的相遇和被託付之事。房東這時說：

此十年前梅氏故宅，夜有小偷入室，為梅所執，送詣典史。典史受盜錢三百，誣其女與通，將拘審驗。女聞自經。後梅夫妻相繼卒，宅歸於余。

譯文為：

這座房子十年前是梅家的住宅，夜裡有小偷入室，被梅家抓住了，送到縣衙由典史處理。典史收受了小偷三百錢的賄賂，誣陷梅家的女兒和小偷通姦，還要傳到公堂上審問。梅家姑娘聽到後上吊而死。而後來梅氏夫婦相繼去世，這座梅姓的宅子就歸了我。

原來，那梅女上吊，從人間到了地府，是身背奇恥大辱，比竇娥還冤。她從人間離去，有如此不白之冤，如何能不再回到人間來？返鄉回家，洗去這不白之冤是她的唯一之心願。於是，借助封雲亭這剛喪妻的單身鰥夫，出錢出力，把這冤宅的房梁換掉了。房子改建之後，封雲亭還住在這所宅子裡，有天晚上，那個少女又來了，脖子上沒了繩索，舌頭也回到了嘴裡，臉上喜氣洋洋，姿態嫵媚，嬌好得無以倫比。她是來感謝封雲亭相助之恩的，於是封雲亭提出了和她同床共枕。這時梅女說，現在我和你兩情相悅，我身上的陰氣會滲到你身上，加之我生前受有名譽之辱，現在和你雙悅同床，不是人辱我我也自辱嘛？但為了報答封雲亭，她每夜都來陪他聊天、飲酒、翻手線，到夜深了還幫她按摩將他送入夢鄉裡。進一步發展下去，梅女還請一位浙江的妓女來侍奉封雲亭。直到有一天，這衙門典吏的妻子和僕人私通，被典吏抓住後，他休了妻子，又娶了一位顧姓女子。兩個人感情很好，但再婚一月，這顧姓妻子死掉了。典吏因為思念顧妻，聽說封雲亭住的房裡有靈鬼，可以和死去的人重逢相見，於是來找封雲亭，希望通過封雲亭和封雲亭每夜相會的鬼妓之關係，也讓他在這兒和他的妻子見一面。

封雲亭答應了。

依著他和鬼妓的約定，對著牆壁叫了三聲，鬼妓就從牆裡出來了。這一出來，鬼妓和典吏都大吃一驚。原來，這鬼妓姓顧名愛卿，正是典吏思念的自己的妻子。典吏大怒，欲打顧女時，顧女轉眼不在了。隨之又突然出現了一個老太太——她是鬼域開妓院的老鴇，舉起拐杖，就狠狠打在了典吏的頭上。典吏喚：「她是我的妻子呀！」老鴇說，你是什麼東西，不過是浙江的一個無賴，花錢買了一個小官，只要有人賄賂你三百文錢，你就黑白顛倒，敢把人家活活冤死，弄得人怨神怒，眼看死期將至，你父母又去向閻王求情，把他們心愛的兒媳送入青樓，替你償還你在人間的貪債，難道這些你都真的不知嗎？

這時梅女出現了，一臉青色，舌頭垂外，用長簪去典吏的臉上、耳上猛扎著。而最終這典吏，回到衙門不久死掉了。

小說到此，故事並沒有結束，而是沿著報應與輪迴的路道，七折八彎，起起落落，梅女走完了回家的路，轉世再生在延安展孝廉家。於是，她和封雲亭繞三拐四，終成眷屬，而封雲亭最後還金榜高中，一鳴天下。就這部小說言，故事中充滿著報應輪迴觀。最主要的三個人物，封雲亭、梅女和典吏，其命運各有因果，各得其所。封雲亭善有善報，典吏惡有惡報。梅女大在離家死去後，有著無盡的冤屈和無奈，所以在重返陽世（回家）的道路上，變得不屈不撓，既聰明智慧，又不失成熟與可愛。在離家的道路上，她是單純脆弱的；在回家的道路上，她是成熟倔強的。這一來一回，一折一返，將一個人物、一個故事中的不得不離家（死亡）和不得不回家（再生），刻畫鮮明，如一個展覽大廳門前的介紹書，說明著鬼——在回家路上的去程和回程。就《聊齋志異》中的一百七十餘個鬼小說言，其中的離家之因由，大體分為三類：一為生老病死，如〈耿十八〉和〈祝翁〉；二為個人命運和戰爭、災難所造成的不白冤屈，如〈梅女〉、〈鬼哭〉、〈葉生〉、〈司文郎〉、〈林四娘〉、〈公孫九娘〉。三是意外死亡，如〈王六郎〉、〈長清僧〉、〈酒狂〉等許多篇章。這些死因與去由，比起《奧德賽》之離家緣由，可謂小到沙粒之於山脈，微光之於星辰，然而也正因為小，才在普遍輪迴觀中顯示著個體、民間的回家的執拗和堅韌，顯示著生命個體在回家的精神層面上，同樣有著不可回逆的力量和美，如同奧德修斯在大海上的返回漂流樣。

·37·

討論《聊齋志異》的鬼小說，〈畫皮〉是最繞不過去的一章名篇和特例。在電影、電視來到人世前，沒有任何一則《聊齋》鬼故事比〈畫皮〉更為家喻戶曉、婦孺皆知了。故事中那個充滿恐怖的惡鬼女形象，在中國民間迎合、適宜著人們對惡和恐懼的審美和感應，彷彿只有蛇舌才更讓人品味、被人記憶般。

太原有個王書生，早上趕路時，遇到一個妙齡女郎，十六七歲，王生問人家為什麼孤苦一人，獨自早行。女郎說：「父母貪賂，鬻妾朱門。嫡妒甚，朝詈而夕楚辱之，所弗堪也，將遠遁耳。」（我父母貪圖錢財，把我賣給一個富貴人家當小老婆。那家的大老婆特別嫉妒，早晨罵、晚上打地欺辱我，如此我實在受不了，才要逃得遠遠的。）故事的結果人盡皆知，王生把那女郎領回家中，床笫歡愉後，心臟被這惡鬼女郎扒吃了。而這兒，女郎所說自己離家出走之緣由，自然是謊言和搪塞。我們當然不能斷定這個被賣到大戶人家做妾為小、備受欺凌的情節當真是這個女鬼前生人世之人根，但這個情節在〈畫皮〉的故事中，顯得合情合理、恰如其分，這就告訴我們，或者讓我們想到，每一個鬼之所以要回到人世來（回家），哪怕是行惡從濁，也都有其因由和必然。〈畫皮〉是最典型的。前世有什麼人生經過，讓她變成了現在這個虛偽、醜惡、令人恐懼到要吃人心、喝人血的厲鬼呢？在整個《聊齋志異》的人鬼寫作中，有十八篇小說講述惡鬼的故事。而詭異的事情是，在其它鬼小說的寫作中，無論是人鬼戀的幽婚故事，還是善鬼美鬼故事，再或是輪迴報應等，蒲松齡都交代、暗示了鬼生前的經過和死因，為他們必須、必然的回家隱埋著伏筆和根由。但在幾乎所有的惡鬼故事裡，蒲松齡無一交代這些惡鬼之所以惡，是因了什麼和為了什麼。〈畫皮〉中的鬼，要把人的樣子畫在人皮上，穿上這個人皮畫衣她才能成為人。這個細節在小說中驚悚而奇特，是支撐這個惡鬼形象最有力的支撐點，可為什麼她要把人形畫在人皮上？那張人皮是從哪來的？她生前都有過怎樣的人生和經歷，才讓她死後成了人的對立面？成為了人最可怕的仇怨代表呢？〈噴水〉、〈女屍〉、〈妖宅〉、〈江中〉、〈商婦〉等，這些小說或長或短，其真實性都立足於民間文化或民間傳說，無論是寫死者找到替身才能踏上返鄉之路，還是一味地為惡而惡，做人的對立面和仇怨宿敵就是他成鬼的目的，食人心、喝人血就是他的鬼生之使命，這些蒲松齡都沒有講述、鋪墊和暗示。為什麼？我們當然可以理解為他就是為了講一個有趣、好看的惡鬼故事而已，並沒有思考他之所以惡、為什麼惡。然而當十八篇惡鬼故事都無惡之由，都沒有他們生前的人生經歷作為惡之條件和說明，而那些美的、善的、充滿人世溫暖的鬼故事，又大多講了這些鬼的昨天和今天，往世與今生。今生為鬼的一切善美與動機，都與他們的前生往世的人生經歷相聯繫。這就讓人不僅想到中國千年論爭的「人之初」，到底是性本善還是性本惡，而且還想到三百年後波特萊爾在《惡之華》中的「惡美」觀，不得不感嘆蒲松齡在他大量的鬼篇小說中，寫善美一定要寫人、鬼、狐等為什麼要善美的可能和經過，而寫到人世之醜惡卻毋須交代為什麼要醜惡汙劣的人生世界觀。

決然不能說蒲松齡是持「人本惡」的文學主義者，但在古典文學名著作者中，他與曹雪芹一樣，說他們都是對世界持有最大懷疑主義精神的作家應不為過吧。這些寫鬼惡毋須交代為何而惡的小說，是這方面最有力的注腳和說明。

·38·

探討了鬼篇小說中這些鬼離家之由後，再看看他們因為哪些理由又回家的結果會是一件充滿喜樂和浪漫的事。在人鬼戀的小說中，梅女（〈梅女〉）走完了曲曲彎彎回家的路，到人世投生在一門高戶大宅中，最終和她的所愛之人封雲亭婚合為家，結局圓滿甜蜜——封雲亭在這種甜蜜中種豆得瓜，考上了舉人。聶小倩（〈聶小倩〉）來到人世歷盡曲折，而最終和所愛甯采臣雙雙回鄉，不僅使甯采臣考上了進士，還為甯家生了兩個孩子，且這些孩子長大後都做了高官。李氏與蓮香（〈蓮香〉）的命運和結局，則同梅女和聶小倩如出一轍，雙雙為鬼女、狐女時，身無所求地去侍奉桑生，而彼此離去轉生（回家）到人世，也最終都嫁給了桑生。桑生雙擁美人，中舉在榜，後嗣繞膝。〈阿寶〉、〈巧娘〉、〈林四娘〉、〈魯公女〉、〈連瑣〉、〈連城〉等，在這些幾乎所有的幽婚故事裡，故事最終的去處都是完整美滿的金樽與婚合。善鬼結善緣，惡鬼得惡終，仙鬼至仙境，構成了人鬼故事甚或蒲松齡所有小說結尾之去向，對此我們幾乎所有的理解都是佛家思想的輪迴報應觀。我們一面從蒲松齡的惡鬼故事、冥府吏治、現世描寫中讀到了無處不在的黑暗和不公，讀到了人、家庭這些最微粒的個體和底層，在他所處時代中的不安、動盪和毀滅，又一面讀到來自非現實的想像、對時代不安、動盪的安撫和補償、對被毀滅了的人和家庭的重建和償還。在這人與鬼、實與虛的兩大空間內，現實世界是不公、黑暗的，而虛擬世界又是向現實投放光明的。現實世界是寒冷冰酷的，而虛擬世界是不斷給現實世界帶來溫暖光照的。一句話，在現實存在與虛構想像對應的兩個世界中，現實是給現實毀滅的，虛擬是給現實重建的。作為文學，這無疑給讀者帶來了撫慰和安好，讓我們在閱讀中，得到了精神的安樂和平衡。然而，當我們將整部的小說集讀完，將各篇小說在頭腦中作為一個整體進行重新編排與整合我們便不禁恍然而驚怔——

原來《聊齋》中所有的現實都是無可救藥的，所有對它的拯救都是來自虛擬和想像，而不是來自現實的力量和存在、不來自人的覺悟、反抗和精神。一如在天空的真實黑暗裡，蒲松齡用畫出來的太陽照亮了真實的天空一樣。這——就是蒲松齡的偉大和不凡，就是《聊齋志異》的審美和精神，甚或是一部偉大小說的靈魂之光，是藝術之所以為藝術的價值和美。所以我們把「浪漫主義」的皇冠獻給了蒲松齡和他的這部巨著和傑作《聊齋志異》，然而在盛讚這部小說的浪漫、想像的力量和沒有邊界的虛構時，也不免讓人想到魯迅在〈再論雷峰塔的倒掉〉中的話：「悲劇將人生有價值的東西毀滅給人看，喜劇將那無價值的撕破給人看。」這麼說，《聊齋志異》就不僅是浪漫主義了，而且是一部真正的「浪漫喜劇」了，因為在他的小說中，狐妖鬼異、仙道草木，對於現實世界的不公、黑暗、毀滅和那些永遠都被「汙辱的人」，從本質上說是沒有意義的，沒有實在價值的。蒲松齡為我們展示了這一點，也同時為我們撕破了這一點。就此言，那部極度寫實的《紅樓夢》和這部極度虛擬的《聊齋志異》，前者寫到賈寶玉出家為僧後，故事是切切實實地結束了；而後者，故事寫到中舉、富貴和美妻，故事也才剛開始——因為人世的腐惡、不公、黑暗和毀滅，都還原封不動地勃生荊棘在現實裡。而那些被汙辱的人，既沒有死去也未可能好起來。他們都還在原來的村莊、院舍、城街和官府生活著——他們所處的現實世界沒有絲毫的改變和異樣。

第七講

《聊齋志異》的鬼世與《佩德羅·巴拉莫》

·39·

我們嘗試來比較一下《聊齋志異》中的人鬼小說和《佩德羅·巴拉莫》的寫作會是一樁有啟發的事。

一九八六年，墨西哥作家胡安·魯佛的小說《佩德羅·巴拉莫》最初翻譯到中國時，更名為《人鬼之間》。就這個更名看，它已經和《聊齋志異》有極其相近甚至密不可分的聯繫了。在真實的歷史中，關公不會戰秦瓊，但文學是可以把關公和秦瓊放在一塊論戰比較的。凡有耐心讀完《佩德羅·巴拉莫》的讀者們，都不免為之愕然而沉默，尤其那些文學作品的內行讀者和寫作者，讀了這部小說會在內心默然地問：「作者是怎麼寫將出來的？是上帝握著他的左手、閻王握著他的右手才寫了這部小說嗎？」或者「是上帝給了他筆墨，閻王給了他紙張才寫出了這部奇崛之作嗎？」

一部翻譯成中文僅有八萬多字的中篇小說，有名有姓的人物一共寫了八十多個。在這八十多個的人物中，有多少是生者？有多少是死者？如果進行一次閱讀統計，其難度之大一定如同一次人口普查般，第二次的統計一定和第一次不一樣；第三和第四次的統計，一定和第一、第二次不一樣。如果其中有兩次是一樣的，那一定是因為其中有一次統計錯了碰巧一樣了。人口普查的科學性，在於對與不對我們都以這一次性的普查為標準。《佩德羅・巴拉莫》中誰是生者、誰是死者極易混淆，使我們每讀一遍都會重新發現那個活著的，原來已經死去了；那個死去的，卻從未死過而是永生的。在《聊齋志異》中，生與死是有清晰界限的。生者為生者，死者為死者，因此才有了卑微的死者返生回家的返鄉意象和文學的「回家」價值。然將《聊齋志異》與《佩德羅・巴拉莫》同讀比較時，我們看到了後者沒有這個意象和意義。或者說，那個墨西哥的作者胡安・魯佛，從動筆寫下小說開頭的第一句，他就放棄了返鄉、回家這種千古存在的人類的精神趨向和思考，讓那些死者即使死了也不到冥府地獄去。在胡安・魯佛那兒，人死去是可以不去地獄而留在家鄉的。對於魯佛來說，寫作中他會這樣想，《神曲》中的地獄、煉獄不免扯得太遠了。他讓小說中的可馬拉、半月莊、寇里馬、康脫拉、薩約拉、莫斯科塔、岡薩格拉辛這些如同荒原上的草芥樣的村莊裡的人，死後不到但丁描繪的漏斗地獄裡，也不到蒲松齡描繪的冥府和幽界，都還「生活」在故鄉的街頭、廣場、屋舍和他們生前最愛晒暖的日光下。他們確實已經死去了。他們也確實還活著，吃飯時還和家人一道坐在飯桌上，聊天時一面是靜聽，又一面會不斷地插入話題問一句，糾正一些說錯的或沒有那麼準確的。蒲松齡在他的寫作中，生怕讓讀者不知道這個人物是鬼、是重返人世的人，那個人物雖然和人一模樣，有血有肉，甚或比人更可愛，可他（她）終歸不是人，是狐仙、牛馬、蟲雀或花草。若讓讀者弄混了人和鬼狐妖異之界限，蒲松齡覺得那是寫作者的過錯或罪過。而在魯佛的寫作中，讓讀者知道或很快知道了哪個人物是鬼是死去的人，那才是作者的過錯和無能。

《聊齋志異》中的人鬼之界是分明的。

《佩德羅．巴拉莫》中的人鬼界限是模糊的。

《聊齋志異》中的人鬼是生活在兩個空間內，一明一暗、一黑一白、一陰一陽，如同兩個世界的山脈對立而中間隔有峽谷一樣。地府的鬼要到地上來，人間的人要到冥府去，都要穿過這條幽深、灰暗、潮濕的大峽谷，所以許多故事如〈新郎〉、〈祝翁〉、〈耿十八〉、〈魯公女〉、

〈李伯信〉、〈連城〉、〈梅女〉、〈鬼作筵〉、〈金生色〉、〈鬼令〉、〈役鬼〉、〈鬼妻〉、〈王十〉及〈元少先生〉等，其中的人或鬼，都要穿過這個幽谷地界才可以到對方的地界裡，兩個空間的巨大對立和聯繫，構成了《聊齋志異》的天空和世界。而到了地球那邊的墨西哥，中間的路途距離為四百年。四百年後在胡安・魯佛的寫作裡，首先是空間的界限沒有了，人鬼之間的隔牆被打通了，那道幽深的兩界峽谷被填平了，鬼世和人世完全統一著。鬼是還活著的人，人又如同死了的鬼。大家共同生活在原有那個世界上——那個彼此共有的空間中。

其次，在《聊齋志異》中，凡鬼參與的人事，多是床笫、男女、科舉和善惡。以家庭為單位，以男性為軸心。他們基本不參與社會、歷史和現實。但在《佩德羅・巴拉莫》的故事裡，人世發生的一切，是人左右的，也是死去的人——鬼參與左右的。鬼參與的人事除了男女愛情和淫亂外，還有宗教、糧食、土地、起義、革命、新政權、反壓迫和人性的崩壞與毀滅，而不僅是家庭、愛情的建立和校正。在蒲松齡的寫作裡，鬼的返鄉是為了回來安撫乃至拯救個體書生和民間家庭的無望與絕境。而歷史、民族和國家，大體來說是與鬼無關的。但在胡安．魯佛的寫作裡，鬼是要和人一道創造個體、歷史和集體的。

第三，蒲松齡在寫人鬼小說時，他最怕的是人們不懂他的故事和小說，所以我們看那麼一篇或兩篇，就愛上蒲松齡的寫作了。魯佛在寫他的人鬼故事時，他最怕的就是讀者一眼就看懂他的故事和寫作，如一個村莊裡的胡同，一眼從這端望穿到那一端，並看清了胡同裡的這一戶和那一家。所以，他把他的故事隨意地錯亂、截斷、重組、整合與拼接，同一時空的對話和非同一時空的對話交替與錯置，夢境與時間隨意地斷開和連繫，對話中套對話，故事中說故事，轉述中再轉述。剛一講述就回憶，剛一回憶又講述。把一個情節、一個人物的故事一次性地講述完畢是魯佛最為忌諱的事。於是，碎片化取代了線型結構和時序推進，如同一串有序的珠鏈被截斷後，散落一地的珠子被他撿起雜置在一個盤子裡，但那每一顆珠子的顏色、紋路卻是不同的，每一顆珠子也未必都是圓的同一物形的。讀者要根據不同的顏色、物形重新去把這串珠鏈串起來，且沒有人第一遍就能把A珠串在A的位置上，將B珠歸在B的位置上，所以要多遍的閱讀才能把故事的珠鏈串成一個環，直到你個人認為你串對了他的故事和寫作。

閱讀《佩德羅·巴拉莫》是辛苦的，是要你去參與創作、重組故事珠鏈的。閱讀《聊齋》的故事是輕鬆愉快的，躺在床頭的燈光下，閱讀如同渴飲一杯新茶和老酒一樣。

那麼，《佩德羅·巴拉莫》的寫作就好嗎？

當然好。

《聊齋志異》的故事寫作不好嗎？

絕對好。

墨西哥的歷史和文化，和東方的傳統文化大相逕庭，如一脈山隆和一個湖泊的絕對不同一樣，也如一條現代公路和自然山道絕對不同一樣。那山脈、湖泊、小徑、公路自然形成的時代和地質環境是不同的，那修路和走路的人與馬車、汽車也是絕然不同的。然而又真的那麼不同嗎？四百年的歷史真的把東西文學和寫作隔斷分開了？

·40·

我們首先來看看，這一東一西、一古一今的兩個作家是如何完成「鬼返人世」的。

與狐狸一樣，鬼——無論它多麼接近人，它都已經不是人，而是非人之人。狐狸在人間的出現，不需要一個特定的環境，書房、狂野、白天、黑夜和街市，都是他們的天地和空間。而鬼則不同，鬼是和人相對存在的，從中國傳統文化上，人屬陽，鬼屬陰。人在白天活動，夜晚休息；而鬼則是夜晚出現，白天匿跡。鬼倘若和人在一起，三朝五日，人的陽氣便會被鬼吸去，人的臉上會有憂邪之色、慘白之狀。一句話，人身上會有「鬼氣」。這一點，小說〈畫皮〉寫得明確而突出。所以，在《聊齋志異》的人鬼小說中，人鬼相遇，必須要有特定的時間和地點——特定的時間、環境是鬼可以來到人世的第一要素。〈畫皮〉中王書生與美女厲鬼相遇的時間是太陽還未出來的早晨，地點是「孤零零」的野外，除了他們，再無其它第三者。〈王六郎〉中的漁夫，是每天日落後的晚上，帶著酒到城外河邊去捕魚和飲酒，所以他才可以相遇淹死鬼王六郎。那個著名的不近女色的俠義之士甯采臣與聶小倩（〈聶小倩〉）的相遇，雖是白天，但卻是在路途中的寺廟裡。「寺中殿塔壯麗，然蓬蒿沒人，似絕行蹤。東西僧舍，雙扉虛掩，惟南一小舍，扃鍵如新。又顧殿東隅，修竹拱把，階下有巨池，野藕已花。意甚樂其幽杳。」（這座寺廟殿屋及寶塔都很壯麗，但是庭院裡卻長滿了一人高的蓬蒿，好像很久沒人走動了。東西兩側的僧舍，一個個門扉虛掩，只有南側的一間小屋，門鎖像是新的。再往大殿東角望過去，只見修長的翠竹，足有兩手合圍那麼粗，臺階下有個大水池，池中的野蓮已經開花。甯采臣很喜歡這裡幽靜的環境）。幽靜——這是人鬼相遇必須的自然條件，如此到了夜晚，鬼就可以出現了。所以，「是夜，月明高潔，清光似水」，甯采臣便從窗下看到作為鬼人的聶小倩一家，在一堵短牆內竊竊私語，議論什麼。如此，他們相遇了，有了一場快意恩仇，花好月圓。而戚生相遇女鬼章阿瑞（〈章阿瑞〉），如同甯采臣相遇聶小倩，時間與地點，如出一轍，大同小異，都是夜晚和一所宅第空闊、人口稀少、荒蒿野艾繁茂生長的老宅院。在〈梅女〉小說中，冤鬼梅女的出現，雖非夜深人靜，月光皎潔，萬籟無音，但男主人翁所租借的房子，卻空無他人，只有孤獨的他和寂然無音的空氣和欲念。〈嬰寧〉中嬰寧與王子服的相遇，地點與時間，既不是幽靜的無人之處，又不是晨早、黃昏或夜晚，但嬰寧在故事中，她是由「鬼母」生的「人」，而非這樣那樣死去又回人間的鬼。

在整個《聊齋》的人鬼故事內，除了少數如〈司文郎〉中的宋生和盲僧，作為鬼返人世的書生象，出現時沒有受制於特定的時間和地點——夜晚與幽靜處。而其餘的小說，為鬼的人物在小說中初現時，都必須有特殊的時空所支撐，一如狐狸必須出沒於荒野與樹洞、狼獾必須生存於山野和林地，這是自然之條件，也是文化之限制。然而由這一時空限制去看《佩德羅．巴拉莫》，那就完全不同了。魯佛在他的寫作中，鬼到人世，完全沒有受這種特定的時空所牽絆，沒有中國文化中鬼與夜晚和幽靜環境的不可分的限制。在時間和地點上，《佩德羅．巴拉莫》是人在哪兒鬼就可以在哪兒。人在哪兒出現，鬼就可以在哪兒出現並「活著」。白天、黑夜、烈日下、月色裡、荒郊、鬧區、廣場、小屋，這所有故事中出現的環境與地點，地點與時間，都是人和鬼可以同在同生，同去同離的。

概之說，在《佩德羅・巴拉莫》這部小說中，人和鬼本來就生活在同一屋簷下，同一時空中，而非兩個時空內。

我清清楚楚地聽到了雙腳踩踏圓石鋪砌而成的道路的腳步聲。這空心的腳步聲映照著夕陽的牆上產生了回聲。

此時我在村裡的那條大街上走著，目光掃視著那一處處空無一人的住宅，家徒四壁，雜草叢生，房門破爛不堪。剛才那個不知姓名的人對我說這叫什麼草來著？「這種草叫『格壁塔娜』，先生。這種草一俟人去房空便迅速蔓延到房子裡。您瞧，這裡不都長滿了這種野草嗎？」

穿過街口，我看到一個頭戴面紗的女人在眼前一閃而過，迅即消失，猶如根本沒有出現過一般。

整部複雜而又零亂有序的《佩德羅・巴拉莫》，故事開始於「我到可馬拉來，是因為有人告訴我，說我父親住在這兒」。誰告訴我？那個敘述者——胡安．普雷西亞多，是他的母親告訴他。他的母親死前拉著他的手，囑咐他一定要找到他的父親佩德羅．巴拉莫。所以，在母親死後第七天，「我」，出現在了平原上的村莊可馬拉——母親少女時代生活過的地方。而這個村莊已今非昔比，它荒涼（不是幽靜）、凌亂和死寂。在這個村莊生活的人，死者多於生者，鬼數多於人數。「我」到了這荒冷的村莊裡，見到頭戴面紗的女人，「一閃而過，隨即消失，猶如根本沒有出現過一般。」她不是生者而是死者，不是人而是鬼。接下來，「我」找到了母親少女時代的閨蜜，同樣在年少時把自己最純真的肉體和熱情，獻給佩德羅．巴拉莫的人——愛杜薇海絲．地亞達。

「我就是愛杜薇海絲．地亞達，請進來吧。」

她彷彿早就在等著我的到來。據她說，她一切都準備就緒了。她讓我隨她走過一排黑洞洞的，從外表看像是無人居住的房間。實際情況並非如此，因為一俟我的眼睛習慣黑暗後，借助我們身後那一縷微弱的燈光，我看見兩邊的黑影高大起來，我覺得我倆是在一條兩邊都有黑影的過道裡走著。

「這是些什麼東西呀？」我問她。

「是一些破爛傢俱，」她回答我說，「我家裡全都堆滿了這些破爛貨。凡是離開村莊外出的人都選上我家作為堆放家什的地方。他們走後誰也沒有回來要過。不過，我給您保留的那個房間在後面。我準備著有人來住，總是將它收拾得窗明几淨的。這麼說，您就是她的兒子了？」

「誰的兒子？」我反問了一句。

「多羅裡達斯唄。」

「對呀，可您怎麼會知道的呢？」

「是她告訴過我的，說您要來。今天您果真來了，她是說您今天要來的。」

在《佩德羅．巴拉莫》的寫作中，鬼就是這樣來到人間的，和從來沒有死過一樣。「我」在母親死後去找那個到處都是他的兒子和罪惡的父親去，路上遇到的第一個是趕驢人。原來這個人也是佩德羅．巴拉莫的兒子，他們兩個為同父異母之兄弟，然而在知道彼此是同父異母的兄弟後，二人既無吃驚，也無反應，完全如同路人一樣。而到了可馬拉，遇到了第二個人——那個「頭戴面紗的女人」，她是死過而沒有離開這個村莊的人。第三個人，愛杜薇海絲，她（像）是活著的人，但她卻活在堆滿死人傢俱的空間內，每天都在等著那些死過的人重新走回來。並且在後面她和「我」交談時，告訴我那個我第一個碰到的牽驢人阿文迪奧，是已經死過的人。就是說，在小說的開頭線索中，三個我和相遇的人，有兩個都是已經死過的人，而第三個雖然還活著，卻是生活在凌亂、寂靜、隨時等著死人回來的環境中。

沿此，讀者如同在荒野墳墓間割草採花般讀下去，重要的不僅是分辨誰是死過的人，誰是活著的人，重要的還有小說中前邊的對話和後邊的對話是如何連繫起來的；這一情節和此後的哪個情節是在同一鏈條上，藉此最終才能明瞭哪個是死去的、哪個是還活著的。這時我們也才感覺到，胡安．魯佛在寫人鬼時，首先打破時空界限的，不是鬼是怎麼回到人間的，而是「他們」本來就沒有離開過。所以在時間和空間上，鬼和人的時空是統一的、同一的。而當我們說魯佛推翻了人與鬼、陰與陽的界限時，而其實質上，是他在寫作中，原本就沒有設定二者的空間界限在哪兒。

在《聊齋志異》中，每每人與鬼的初遇必須是在夜晚和幽靜處。而魯佛讓鬼與人相遇時，既不需要特定的時間與地點，也不需要有特定的空間在。而唯一需要的，是當鬼與人無二地出現在故事裡邊時，他在什麼時候才讓讀者恍然而一怔：「原來她（他）是死過的人！」而我們讀到的那些凌亂、空洞、死寂的環境，以為那是鬼回人世的特定之環境，人卻也實實在生活在那個環境裡。

自然環境和因此帶來的小說的氣息和氛圍，在《佩德羅．巴拉莫》的小說中，既不單純地屬於村莊、平原和人世，也不單純地屬於死者們。它是人鬼共有的，也是小說有意凝造的。但有趣的這一點——小說的氛圍與環境，在小說的上半部，隨著敘述者「我」的死去，這種隨筆而至的時空環境從死寂、荒雜、空洞漸次地轉化成了喧鬧、凌亂和沸騰，讓讀者在誰是生者、誰是死者的追問中，因為環境和氛圍的變化而不再追問，我們不得不感嘆魯佛寫作的用心或天然而成的現代性，像山生來就是山，水生來就是水，荒草大地自然是天鷲的草原花園般。

·41·

從以《聊齋志異》為代表的東方文化的鬼到人世必須在特定時空說開去，不能不談的是墳墓、棺材與屍骨這一既具物質性、又具文化性的特定物。

在《聊齋志異》中，鬼回人世都有一個出口或進口——棺材和墳墓。無論是從人間到地府，或是從地府回人間，這都是他們的一道門，而且是唯一的門。在我們的文化中，墳墓是物質的，也是精神的，從《搜神記》到《聊齋志異》，再到今天的網路穿越小說，這道門是活著的人與鬼連繫的必由之通道。所以在一百八十多篇人鬼小說中和部分的狐狸故事裡，墳墓成為了蒲松齡陰陽兩間來往的唯一門扉和路道，因此也成為一個小說的新空間——人世與冥府中間的間隔地。它一邊連著人世，一邊連著冥獄，成為了人鬼故事敘述的門窗與入口。

〈魯公女〉寫張生張於旦，在一個廟裡讀書，見到招遠縣令魯公的女兒「風姿娟秀，著錦貂裘，跨小驪駒，翩然若畫。」（姿容十分娟秀，穿著錦緞貂皮襖，騎著一匹小黑馬，風度翩翩，像畫中人一樣。）於是一見傾情。然而魯公的女兒暴病亡故，父親把女兒的靈柩暫寄寺內，而張生因對魯公的女兒思念不息，便每天飯前在寺內燒香禱告，於是有一天夜裡，魯公女突然來到張生面前，二人知恩有報，夜夜為歡。不久之後，魯公罷官，要把女兒的棺材運回家鄉，又無財力運送，想要安葬，又找不到一塊墓地。正在為難之時，張生找到魯公說，「我家離寺廟不遠，有一畝薄地，願意獻來安葬你家小姐。」魯公何樂而不為，於是一個墳墓出現在了張生家的土地上。

也因此，二人約會頻頻，生死一家了。

在這兒，棺材和墳墓是身為鬼的魯公女的空間和家，她到人世都必須從這個地方來，離開人世又必須回到這個地方去。在小說〈新郎〉中，有一鄉村小夥，結婚成了新郎官，可在新婚的宴席上，新娘子突然離家出走，不辭而別，說自己在新郎家裡不習慣，新郎追在任性的新娘後邊，直追到她的娘家去，只好陪新娘在她娘家暫住下來了。然而這一住就是半年，突然有一天，岳父告訴女婿說，讓他趕快離開這，家裡有大事要發生。新郎就匆匆離開妻子的家，岳父將其送到大門口，新郎回頭一望，岳父突然不在了，而身後是一座高大的墳墓。新郎這半年不是和新婚妻子在一起，而是走入墳墓和妻子的一個替身——鬼女在一起。在《聊齋》的人鬼故事中，沒有棺材和墳墓，也就沒有鬼存在。沒有鬼存在，也就沒有這些小說在。棺材與墳墓，不僅是故事產生的場域和空間，而且還是鬼作為人物出現在小說中的來路和去處。是鬼作為人物的生命根源和依據。《聊齋志異》寫到墳墓的小說達百餘篇，就墳墓這個地穴空間說，無疑〈公孫九娘〉寫得最為喻意和驚懼。白骨累累，墳塋遍地，這些墳塋和鬼魂，同一六六一年的于七抗清案有關。于七是明崇禎的武舉人，一六四八年聚眾抗清，一六六一年又復起事。一六六二年，山東萊陽、棲霞等縣的起事志士，被清政府血腥屠殺，死者無數，因此這些冤魂冤鬼，都埋在濟南南郊。〈公孫九娘〉的故事寫的是由這些冤魂冤鬼組成的一個新村莊，因為婚姻需要媒人，死去的鬼便到人世來找他的同學萊陽生，去替他死去的外甥女證婚為媒。故事的最後，當萊陽生到陰間為外甥女說媒證婚後，也相遇了自己的知己紅顏公孫九娘，方知公孫九娘原來是隨同母親喊冤，被從棲霞縣押往京城路過濟南時母親被折磨而死，於是她也自刎而亡。萊陽生與公孫九娘一見如故，相知相愛。半年後彼此分手，公孫九娘託付萊陽生回到人間，把自己和母親的屍骨，從濟南南郊移葬到老家棲霞祖墳去——

女悲曰：「千里柔魂，蓬遊無底，母子零孤，言之愴惻。幸念一夕恩義，收兒骨歸葬墓側，使百世得所依棲，死且不朽。」

譯文為：

公孫九娘也難過地說：「離家千里的一縷柔魂，像飄蓬般無處歸依，我們母子孤苦伶仃，說來令人悽愴。萬望你能顧念夫妻情義，為我收拾屍骨，送到祖墳的旁邊埋葬，使我有個百世的歸宿，此恩我將永世不忘。

萊陽生就這樣在陰間的那個村莊和公孫九娘分手了。第二天他因一時忘了問妻子墳上的碑誌墓表，害怕找不到哪個墳是妻子的墳，重新沿著通往冥府的路道去尋找，結果「及夜復往，則千墳累累，竟迷村路，嘆恨而返。」（等到夜裡，他再去尋找，只見上千座墳墓重重疊疊，竟然再也找不到通往村莊的道路，只得嘆息連連，抱恨而歸。）而在半年之後，萊陽生因為思念公孫九娘，再次來到濟南南郊的亂葬墳場上，「但見墳兆萬接，迷目榛荒，鬼火狐鳴，駭人心目。」（在那裡，只見無數的墳塋一個接著一個，叢生的荒草迷茫一片，鬼火點點，狐鳴聲聲，使人觸目驚心）根本無法辨認哪個是公孫九娘和她母親的墳。

〈公孫九娘〉是《聊齋志異》所有人鬼情戀寫得最為悲愴大氣、開闊遼遠，而又幾乎是唯一一篇「有情人不成眷屬」的悲劇故事。在這篇小說裡，人和鬼，墳墓、棺材和屍骨，從空間轉移，到情感變化，絲絲扣扣，因果清晰，凸顯了人鬼寫作特定空間最特定的來路和去處。

那麼，在《佩德羅．巴拉莫》中，魯佛是如何處理這人類共有的墳墓、棺材這一特定的文化象徵和指定物呢？

魯佛在寫到死者回到人間時，他非常絕妙地繞開了這一必須面對的象徵和實在——他幾乎不寫墳墓和棺材，他用「聲音」替代了棺材和墳墓。死者不從墳墓和棺材中來，也不到墳墓和棺材中去。他們來之一種聲音，去之一種聲音。聲音是死者的來路和去處，甚至聲音是死者活著存在的空間和形式。

是的，我的耳際確實還在鳴響著各種喧鬧的聲音。在這風平浪靜的地方，這種聲音聽得更清楚了。那種沉重的聲音此時仍停留在我的心間。我回想起母親對我說過的話：「到了那裡（可馬拉村），我的話你將會聽得更清楚，我將離你更近。如果死亡有時也會發出聲音的話，那麼，你將會發現我的回憶發出的聲音會比我的死亡發出的聲音更為親近。」我的母親……她那聲音還活著。

這是「我」進了可馬拉村莊後，見了「頭戴面紗的女人」頭腦中的一段思緒和回憶。但正是這段思緒中的回憶，開啟了《佩德羅．巴拉莫》中聲音的大門，紛繁錯置的對話，對話中的回憶，回憶中的各種場景和聲音，以及在夜間、夢裡、生者和死者出場前聲音的到來或消失。尤其是死者在故事中出場時，開啟他們來到人世大門的，不是墳場、墓穴、寺廟與幽靜的夜晚及寂無他人的曠野，而是縹緲、緩慢、時有時無的聲音。敘述者走進平原上的村莊可馬拉，戴面紗的女人出場前，是我「來到這個沒有任何喧鬧的村莊。我清清楚楚地聽到了雙腳踏圓石鋪砌而成的道路的腳步聲」之後，那個死過的「戴面紗的女人」出現了。「我憑著河裡的流水聲來到橋邊的那所房子」，然後敘述者要找的愛杜薇海斯把門打開了。「從屋簷滴下的水把庭院裡沙土滴成一個個的小孔。水珠滴在順著磚縫彎彎曲曲地往上爬的月桂的樹葉上，發出滴滴答答的聲音，響了一陣又一陣。」之後死去的佩德羅．巴拉莫的母親、少年的佩德羅．巴拉莫和他死去的奶奶出場對話。「晚上又下起雨來，他聽了好長時間雨水在地上翻騰的聲音」，繼而細雨變成了微風。他聽到「罪孽得到寬恕，肉體正在復甦，阿門」。接著是「教堂的時鐘聲響了起來，一聲接著一聲，一聲又接著一聲地敲著，時間彷彿在收縮。」如此，在這些聲音的牽扯或引導下，「我」才從死者、逝去和回憶中回到現實來——幾乎所有死者到來時，都是被聲音帶來或推至過往的。而無處不在的死者參與小說的故事，又都是被「對話的聲音」敘述和展開。我們可以這樣說，《佩德羅．巴拉莫》是以「對話」這種聲音結構出的一部精妙之奇作。所有的故事和回憶，都從對話中開始、中斷、補缺、續接或結束。而在對話聲音外，那些讓讀者一時難辯的生者和死者，人與鬼的出場或退場，又幾乎都有其他自然之聲所引帶。死者來到村莊（人世）時，必有寂靜、輕飄、神祕的聲音先自在敘述中引路或開道，一如《聊齋志異》鬼的出現必在夜晚和幽靜裡。

敘述者住在愛杜薇海絲太太的屋裡，是聲音給他帶去了各種生者和死者。

> 正當我醒來的這一短暫時刻，我聽到了一陣呼叫聲，這拉得很長的叫喊聲很像是醉漢發出的哀號：「啊，生活，這樣的日子我怎麼過

啊！」

我趕忙翻身坐起，因為這聲音近得彷彿就在我的耳際，也許是在街上發出的，可我總覺得就在房間裡，就在我房間的牆根發出的。等我全醒過來時，一切又都沉靜下來，只聽到飛蛾落地聲和寂靜中的嗡嗡聲。

要計算出剛才那一聲呼號所引起的寂靜是多麼深邃，那簡直是不可能的。彷彿地球上的空氣都給抽光了一樣，沒有一點聲音，連喘氣和心臟跳動的聲音都聽不到，似乎連意識本身的聲音也不存在了。當我再次迷迷糊糊地進入夢鄉後，叫喚聲又出現了，我在相當長的一段長時間繼續聽到這一聲音：「放開我，難道被絞死的人連頓足的權利也沒有嗎？」

這時，門一下子敞開了。

「是您嗎，愛杜薇海絲太太？」我問道，「這是怎麼一回事？您害怕了嗎？」

「我不叫愛杜薇海絲，我是達米亞娜。我獲悉你在這裡，所以來看你。我想請你到我家裡去睡，我家有你安睡的地方。

到來的不是母親少女時代的閨蜜愛杜薇海斯，而是達米亞娜。而達米亞娜同樣是一個死去的人。她同我的母親及愛杜薇海斯一樣，和佩德羅·巴拉莫也有曖昧的關係，生前是佩德羅·巴拉莫家使女的領班。因為她的到來，讀者才知道我所住愛杜薇海斯家的這個房間，原來絞死過一個叫托里維奧·阿爾德萊德的人，他死後門窗從來沒有打開過。來者問我這門是怎麼打開的，我告訴她是愛杜薇海斯太太打開的，於是來者感嘆道：「可憐的愛杜薇海斯，她的亡魂大概還在受苦受難呢。」

——原來，一直在幫我的愛杜薇海斯太太，母親的少女閨蜜，也是一個死過的人。到這兒，故事已經講了一半，我們才恍然明白，我在可馬拉所經歷的，幾乎都是死者的聲音和「人生」。這樣，我跟隨達米亞娜來到了半月莊。「這個村莊處處都有嗡嗡的聲音，這種聲音彷彿被封閉在牆洞裡，被壓在石塊下。你一邁開步，就會覺得這種聲音就跟在你的腳後跟。有時你會聽到喀嚓喀嚓的聲音，有時你會聽到笑聲。這是一些非常陳舊的笑聲，好像已經笑得煩膩了。還有一些聲音因時間久了聽不清了。這種種聲音你都會聽到。我想，總有一天這些聲音會消失的。」我到半月莊後，達米亞娜向我介紹半月莊。而與其說這是介紹半月莊，倒不如說是介紹這個村莊永不消失的聲音。

是這樣，聲音構成了《佩德羅．巴拉莫》中一切的到來、延展和結束。這是一部關於人與鬼的龐雜故事，也是一部由聲音結構起來的超現實人鬼傑作。談論這部小說中的聲音，需要一篇洋洋灑灑的「論《佩德羅．巴拉莫》中聲音的敘述與結構」的專章論文來。我們到這兒，大約已經可以明白，蒲松齡筆下的鬼世界，必須與墳墓、棺材、屍骨這些喪葬文化中的實物和人的精神寄寓相聯繫；而胡安．魯佛，在他超現實的人鬼寫作中，既擺脫了鬼到人間特定的時間、空間和環境，也擺脫了鬼在人世喪葬文化中的墳墓、棺材的依託和隱喻，從而使聲音替代並巨大地豐富了這一文化領域的空間存在和書寫。

·42·

就這樣，鬼到人世了。無論是特定的時間、空間和喪葬文化中的真實和隱喻，還是從古典到現代和超現實中人鬼同一、統一的時空和聲音。總之說，在這一古一今、一東一西的兩部偉大傑作中，鬼到人世到底是為了什麼呢？在《聊齋志異》中，我們說過所有非人之人，都是為了到人世活著，來一場具體、實在、鮮活生動的世俗恩怨與愛情。蒲松齡那些精彩、難忘和有藝術價值的人鬼戀的情愛小說中，愛、情感和性，皆有具體、實在、動人的書寫。而在小說《佩德羅·巴拉莫》中，無獨有偶，彌漫在小說人物關係之間的，除了活著與死去必須的吃、穿、用、土地、糧食，便是無處不在的男女情愛與性事。

當然不能說「性」是《佩德羅·巴拉莫》這部小說龐雜、枝蔓、甚至隨意出現或隱去的人物的最大黏合劑或者關係圖，但又不得不承認，男女性事又確實是《佩德羅·巴拉莫》中八十來個人物（生者和死者）彼此之間更確切的連繫通道，一如情愛與男女，是《聊齋志異》中人與非人最為重要的存在與方式。關於《聊齋志異》的情愛我們已經反覆地述說過，美、忠貞、姻緣的必然和終成眷屬之結局，給讀者的期待帶來了極大的撫慰和滿足。而在《佩德羅．巴拉莫》中，男女、性愛又是如何呈現呢？呈現出了什麼內容？和《聊齋志異》中的人鬼情戀有什麼不一樣？

小說一開篇，就是母親讓兒子去找他的生父佩德羅．巴拉莫，這實質上就隱含了一段男女的情愛故事在其中。我的母親和父親佩德羅．巴拉莫是怎麼戀愛、相處的？又是怎樣生下我後分手了？而我——敘述者胡安．普雷西亞多，在去尋找父親的路途中，遇到的第一個趕驢人阿文迪奧．馬丁納斯，他聲稱自己也是佩德羅．巴拉莫的兒子，這就又隱含交代了又一段其母與佩德羅．巴拉莫的男女之關係。他的母親和佩德羅．巴拉莫是什麼樣的關係呢？為什麼如我一樣，其母和其父現在不在一起了？接著，胡安．普雷西亞多，到可馬拉找到了愛杜薇海斯太太，住在她為他預留的一個房間內，她給他講了自己差一點就成為胡安．普雷西亞多母親的經過。半月莊有個馴馬人，叫依諾森西奧．奧索里奧。他的另一個職業是「致夢人」，即專門讓人做夢的人。除了這些外，他還是我們中國人理解的江湖郎中，會給人按摩看病。說白了，這個人物就是多才多藝的江湖騙子，然而就是這個騙子郎中致夢人和故事的敘述者普雷西亞多的母親也有扯不清的瓜葛，但同時，他跟愛杜薇海斯也有說不明的糾纏。就是說，這個馴馬致夢人，同時和愛杜薇海斯及我的母親都有曖昧關係；而愛杜薇海斯和我的母親又都知道這一點，由此我們知道這對少女閨蜜的關係有多親密、多單純，或者多複雜。正是她們有著這樣親密無間的關係，在故事敘述者的母親準備和佩德羅·巴拉莫結婚那一天，母親匆匆找到愛杜薇海斯告訴她，她不能結婚了，因為這一天江湖郎中告訴她，這天晚上她不能和任何男人睡覺，為什麼？因為她和別的男人一睡覺，「月亮是會生氣的」。如此，她就求它的閨蜜愛杜薇海斯，晚上替她去和佩德羅·巴拉莫睡一覺。

愛杜薇海斯這天晚上果真就去了。她去了之後發生什麼或不發生什麼不重要，而由此我們看到在《佩德羅·巴拉莫》中男女情愛怎一個「亂」字了得，而且這才是小說的故事剛開始。我們沿著故事講述人普雷西亞多的敘述謹謹慎慎讀下去，試看在男女、性愛這一點，在人鬼戀的這一點，它和《聊齋志異》是多麼的相近或相反。我們回到故事講述人的這一邊——在故事、情節和無數細節的交叉、錯亂、疊加、拼接後，講述人胡安．普雷西亞多，跟隨死去的達米亞娜到了半月莊。這個村莊空空如也，除了寂靜中的聲音，別無他人和他聲。這時候，普雷西亞多聽到有人在喚他，他隨著這聲音走進了一間黑暗的屋子裡，找到可躺下睡覺的地方去。而在他躺下後的似睡非睡間，耳邊又總是響著沒完沒了、一男一女的對話聲。男的要睡覺，女的要喚他醒來、快起床；男的說我瞌睡死了，你讓我好好睡一覺，女的說是你讓我天亮時把你叫醒的。就這樣無頭無尾、沒完沒了地說，且彼此還談到他們第一個晚上在床上的歡樂、誤會和懊惱。直說到天色大亮，男的起床，講述人「我」也從睡夢中醒來後，知道了男的出門去尋找他家丟失的小牛犢。如此，對話從那黑夜的一男一女，轉入了白天陽光下的我和她。她從屋裡走出來，要求我看看她的臉。

那是一張普普通通、平平常常的臉。

「你叫我看您什麼？」

「您沒有看到我的罪孽嗎？您沒有看到我渾身上下那些像疥癬一樣的棕色斑點嗎？這還只是外表的問題，我的內心早已是一團泥漿了。」

「這裡連一個人都沒有，又有誰能看見您呢？整個村莊我都跑遍了，連一個人的影兒也沒有見到。」

故事到這兒，真相不是驚人、而是驚悚地露出了謎底。原來，這個半月莊的人幾乎都死了，生者似乎只還有這一男一女。而這一男一女，不是一對夫妻，而是一對兄妹。他們像夫妻一樣地生活，像夫妻一樣地活在墨西哥遼闊的平原上。她告訴我：

「……您要能看到在街道裡單個兒地遊蕩的那為數眾多的鬼魂就好了。天一黑他們就出來。誰也不願意見到他們，我們人數又這麼少，……更何況我們自己還有罪孽呢。我們活著的這些人中間沒有一個得到上帝青睞的，我們誰也不能抬頭仰望蒼天而不感到雙眼中淤積著羞慚……」

……

「『我想對您說，是生活將我們撮合在一起，生活將我們圈在了一起，將我們中間的一個人放在另一個身邊。我們在這裡也太孤單了。除了我倆再也沒有別的人了。我們總得設法讓村子裡人丁興旺起來。這樣，當您下次來這兒時，就有施行堅信禮的人了。』」

在整個《佩德羅．巴拉莫》對話敘述中，這段半月莊的兄妹以及「我」的對話，是「我」到半月莊聽到的各種聲音中最隱祕、最順暢和最讓人壓抑的，這裡的故事沒有太被敘述割斷和切碎。接下來，是她的哥哥第二天又去找他家丟掉的小牛犢，妹妹認為他這一去，將再也不會回來了。因為她覺得哥哥每天都不讓她出門，每天都渴望來一個男人照顧他妹妹，使他得以離開妹妹和村莊，到另外一個遙遠的地方去。晚上哥哥確實沒有再回來，於是到了夜深人靜，萬籟無聲時，敘述者就和這個妹妹睡在一起了。睡到半夜時，他感到這個屋子一點空氣都沒有。他想出去到外面走一走。在八月炎熱的深夜，他從那個女人身邊離開不久後，突然又感到身上寒冷無比。這寒冷不來自外部八月的炎熱，而來自他自身的內部。這時候，他聽到了村莊的廣場上，隱隱約約有各種吵雜的聲音。他尋著那聲音慢慢走過去，也就在那各種聲音中，他被愈來愈少的空氣悶死了。「空氣也缺乏。我只好吸進從我自己口中呼出的同一空氣。我用手捂住這點空氣，使它不得消散。這空氣經過一呼一吸，我覺得它愈來愈稀少了，直到最後稀薄得從我手指中間永遠地溜掉了。」之後所出現的對話，就是廣場上那吵雜的聲音——無數死去的亡靈在埋葬敘述者的對話了。

關於故事的敘述方式——「我」活著與死後的講述及由第一人稱向第三人稱的轉換和交叉，這是《佩德羅．巴拉莫》寫作中的「方法論」。而這兒要說的是活著的兄妹和我的三人關係，倫理、道德、亂倫、死亡、祈禱。整個村莊除了他們兄妹是生者，其餘所有的聲音都是亡靈的聲音和行為。而生者的行為最後終於導致「我」因為沒有空氣而窒息，導致八月的盛夏讓人冷得打哆嗦，敘述者不得不扶著牆壁才可以站起來。如此到這兒，我們忽然明白《佩德羅．巴拉莫》這部小說人鬼混雜、死者遠遠多於生者，讓人割捨不下，只有反覆閱讀，才能抓到故事脈絡的寫作。原來它不是一部寫「人」的小說，它是一部寫人活著如同死去，而死去又如同活著的巨大人世的顛倒和錯亂。在墨西哥的鄉村平原上，看似人世其實是一座活地獄。活著的皆為死去的；死去的都還在活著。而這些生者和死者，皆為沒有靈魂的人。因此，那兒的女性才會個個都甘願委身於佩德羅這樣代表著邪惡、權勢和金錢的人——甚至就文學人物言，他集萬惡於一身。因為簡單而明瞭，因為明瞭而粗淺。在小說故事中，他是故事中心巨大的一棵樹，其他的人物都是圍繞他、由他而生的枝蔓和苦果。所以，我們讀到了在那燥熱壓抑、幾乎無法生存的平原和鄉村中，到處都是他的女人和孩子，到處都是他的土地和勢力，到處都是他一生汙濁的黑暗和罪惡。

也正因為此，當我們透過這部小說中的性與淫亂，去和《聊齋志異》中的人鬼戀情的美好、單純、忠貞、姻緣和圓滿比較時，看到了《佩德羅·巴拉莫》中所有關於兩性、愛情、男女的描寫的都是《聊齋志異》的對立面——委身、亂倫、多角、隨意、交易和無一例外的悲慘與罪孽。

·43·

關於人鬼戀、人狐戀，《聊齋志異》是一部唯美到使人嚮往而不敢相信的一部書。而《佩德羅·巴拉莫》充滿罪惡、醜陋，幾乎每個人物都如行屍走肉、沒有靈魂，談論美和高尚就像談論秋風中的落葉到底是不是金子一樣。然而這一切，卻又不令人對其真實性產生懷疑。到這兒有一個問題出現了——是什麼完成了《佩德羅·巴拉莫》的真實和存在？是什麼讓今天的我們不再像數百年前的讀者一樣，百分百地相信《聊齋志異》的真實了？

當然，是時間。

是三、四百年時間的推移和變化。

除了時間外，還有的就是超現實的古典性和超現實的現代性。四百年前，鬼妖狐異的寫作是神奇的，也是現實生活本身的，是和中國文化密不可分的；而時間過去了四百年，鬼狐妖異已和現實生活拉開有千里萬里的距離了，只能歸為過往和傳統文化了。然而《佩德羅·巴拉莫》中的鬼，卻借助文學的現代性，獲得了新生和血肉。在胡安·魯佛的筆下，所有的人都是醜魂靈，都是我們說的「行屍走肉」「活死人」。就連那八十來個人物中最複雜豐滿的雷第利亞神父，他是給所有有罪的人放發懺悔通行證的人，可以讓他們走向天堂、而非地獄的使者。這是多麼神聖、崇高的職業，是聖者，是被神靈信任的靈魂傳遞者。然而佩德羅．巴拉莫的兒子米格爾死掉時，神父拒絕為他做彌撒——他的弟弟被米格爾所殺害，侄女安娜被米格爾所強姦，且他還知道這位佩德羅．巴拉莫的兒子，在這世界上禍害的女子和他父親一樣的多，還有專門的職業人為米格爾尋找姑娘和拉皮條。但到了又不得不為他做彌撒時，神父又非常清晰地禱告說：「米格爾．巴拉莫，你已經無可饒恕地死去了。而且，你永遠也得不到上帝的恩賜。」到這兒，當佩德羅．巴拉莫向他跪下來，並把一把金幣放在他面前的蒲凳上時，神父最終把那些金幣一個個地撿起來，走到神龕面前說：「這都是給你的，」他說，「他是可以用金錢買到拯救的。是不是這個價錢，這你自己知道。至於我嘛，上帝，我拜倒在你的腳下，求你伸張正義，主持公道。公道和不公道，這一切都可以求得……上帝，為了我，請您判決吧。」說完，他關上了祭壇，走出法衣室，靠在一個角落哭起來。

哭到最後的一句話是，「這樣也好，上帝，你贏了。」可以說，在小說故事裡，撒麥粒般的一片人物中，神父雷第利亞是最為矛盾、豐滿、接近神而又終歸還是人的人，而且在佩德羅．巴拉莫最後一任妻子（有多少任？）蘇珊娜將要死去的一夜裡，他又深夜來看望蘇珊娜，彼此之間沒有任何齷齪的行為，但他們見面後的幾句對話，給我們留下了超越宗教關係的曖昧和想像，使得這個人物飽滿到幾乎要炸開。緣此，超現實、超想像的真實，便隨著雷第利亞神父的腳步，蔓延到了那些每一個到教堂做彌撒、懺悔的人物身上，加之小說融入墨西哥歷史中那些真實的宗教鬥爭、革命起義和許多歷史事件，使得我們也不懷疑《佩德羅．巴拉莫》這部小說在真實性上的可靠。

因為，懷疑一棵被現代的土壤栽培長成的樹，會被真實的微風吹倒是一件相當愚蠢的事。這現代的土壤，不光是作家對世界的認識——如《佩德羅．巴拉莫》中的整個世界，都是地獄在人間，也包括所有的人物都是「活死人」和現代性的小說方法——這些都再一、再二、再三地在證明著——

所有敘述的技術，都是小說藝術！

所有的藝術，都深含著難以捉摸的技術！

拒絕把技術和藝術分開，而且完成了萬花筒般的敘述技術，才是小說最完整、豐富的藝術。沒有這些敘述技術，也就沒有《佩德羅．巴拉莫》藝術的奇妙與超然。因此《佩德羅．巴拉莫》的寫作，最終告訴我們的一句話是：如果你不相信「所有的小說技術都是小說的藝術」，那是因為你沒有能力完成或沒有勇氣去面對「技術就是藝術之藝術」的那句寫作真言——

一切敘述的技術，都不僅是藝術的，而且是最為真實的！

第八講

志怪與異相：古典的荒誕與神實

·44·

詞語與概念的力量，不在於它可見的表達，而在於它背後的張力與鼓動。

似乎，談論古典，一定和久遠的歲月、傳統、傳說、傳奇、神話在一起，但說到荒誕、異化和幽默，那就一定是現代、後現代和實驗的活力了。那麼古典和現代就一定是線型時間的連接，而沒有環線的對接和交叉？沒有空間上陰差陽錯的相似和一致？《聊齋志異》卷二中，有篇極短精銳的小說〈快刀〉，每次閱讀和憶起，都會讓人怦然心動而感慨。心動感慨的不是這篇小說的奇崛和意外，而是這篇小說中的現代性和鮮血淋漓的幽默感。

〈快刀〉從古文譯為白話是這樣的：

> 明朝末年，濟南府一帶多盜賊。各縣鎮都布置了士兵，只要抓著就殺頭。章丘地方盜賊尤其多。有一個士兵，他的佩刀非常鋒利，每次砍頭時都能從骨頭縫下刀，乾淨而俐落。有一天，捕捉盜賊十多人，

押赴法場時，有個盜賊認識這士兵，他吞吞吐吐說：「聽說您的刀最快，砍頭從來不砍第二次。懇求您來殺我吧！」士兵道：「好。你留心跟著我。」強盜跟著那個士兵到了刑場上，士兵出刀一揮，盜賊的頭就乾淨俐落地滾落下來。滾出幾步外，頭還在轉著，嘴裡大聲稱讚道：「好快的刀！」

小說完了。

故事和快刀一樣乾淨而俐落。

如果這不是三、四百年前蒲松齡的小說，而是現代作家魯迅所作，和魯迅《彷徨》中的小說〈示眾〉並置在一起，我們還會說這是古典傳奇嗎？自然不會。不會不僅是因為白話和文言的時代之別，更是它與〈示眾〉中殺頭時看客的擁擠、歡鬧和人們對失去生命的麻木和慣常，一脈相承，意無別二。而〈示眾〉和阿Q被殺頭前魯迅所寫的遊行，又如同一棵樹上的連枝果。回想阿Q被殺頭遊街時，「他省悟了，這是繞到法場去的路，這一定是『嚓』的去殺頭。他惘惘的向左右看，全跟著螞蟻似的人，而在無意中，卻在路旁的人叢中發見了吳媽。很久違，伊原來在城裡做工了。阿Q忽然很羞愧自己沒志氣，竟唱幾句戲。他的思想彷彿旋風似的在腦裡一迴旋：《小孤孀上墳》欠堂皇，《龍虎鬥》裡的『悔不該……』也太乏，還是『手執鋼鞭把你打』罷。他同時想將手一揚，才記得這兩手原來都捆著，於是『手執鋼鞭』也不唱了」。讀完這些去讀〈示眾〉和〈快刀〉，這將是多麼的「一氣呵成」的「三部曲」。看客、被殺者和殺手，每一方的人物都讓人驚悚、顫慄和「淚笑」。由此再去想像卡夫卡〈在刑放地〉中軍官、士兵、被判決者和旅行者與機器之關係，以及他們之間交流的互缺和互成，任誰也不會相信〈快刀〉是一則古典小說。若視作現代、後現代的寫作，〈快刀〉對死亡、殺戮更有著作家與人物情感中的「零度情感」和「冷情感」，甚至是「血笑情感」的奇妙和態度。

·45·

當以篇數論《聊齋志異》對題材的寫作態度時，非狐、非鬼、非書生的其他「志怪奇異」類的小說同樣多達一百零幾篇，可謂洋洋大觀，無奇不有，無事不絕。有意義和無意義的，寫得好極和閒筆聊記之作，它們散落在近五百篇的小說中，正如一部被世人公論為價值連城的《喬伊斯書信集》和《卡夫卡日記》，不僅是那些日記、書信集中書寫的重大歷史和重要事件被我們一再地研究和論述，而其中閒筆篇章——如卡夫卡在一戰爆發的當天寫下的「今天德國向俄國宣戰。下午去游泳」的日記一樣，似乎更有意味、更為值得去說道。那些單篇看來幾近無聊與無趣，甚至藝術價值也無法與狐篇、鬼篇和科舉篇的傑作放在一起去討論，然當我們可以耐心地把它們編組在一起，歸類為一束乾花或雜果而凝目細看，不免會悄然「哦！」一下，忽然發現其中的不俗和奧祕，發現那些小說被我們忽略的意義和價值。

〈耳中人〉寫一為科舉而努力的生員譚晉玄，入迷氣功，苦練不懈，先是總聽到耳鳴中的嗡嗡之音，進一步又聽到了耳朵中有「可以出來了」

的說話聲，及至他自己在一次的耳鳴中，也跟著自語了一句「可以出來了」，竟果然從耳朵中出來一個小人兒，大小三寸，面目猙獰。後來譚晉玄聽到屋外有人在扣門，小人兒轉眼不知去了哪，而他這時神魂出竅，從此有了癲狂症。

一樁小記。

一則奇異吧。

有什麼意義？權作為蒲松齡對當時氣功入魔者的一種微笑記，如魯迅在日記中記述他某月某日在北京哪家餐館吃了飯，花了多少錢。這在當時的魯迅是閒筆日記，但今天我們由此知道了魯迅那時的收入大抵多少、物價高低，因而我們也就知道魯迅的物質生活怎樣了。〈瞳人語〉被論家稱道，認為比〈耳中人〉有趣、有意味，但其趣味、意義也不過是對輕佻男性的諷刺和教育。從眼睛生出的小人兒，比〈耳中人〉中的小人兒更小更活潑，如此而已矣。長安一書生，名字叫方棟，有才華，有名氣，但為人輕薄不自重。有次在城郊，見一輛車上掛著繡花帷幔，跟有幾個丫環，其中有個丫環騎著小馬，盛裝打扮，分外豔麗，於是他尾隨其後，想入非非。這時車中的新娘停車路邊，下車從車轍溝裡抓起一把塵土，朝方棟的雙眼揚手撒去。而從此，方棟的雙眼開始模糊不清，直至雙眼失明，終得輕佻之報應。失明的方棟回到家中，為了複明開始不斷請人為他朗誦佛教中的《光明經》。一日一日，一遍一遍，後來就聽到了眼睛裡有了說話聲，繼而這對說話的小人兒，從他的鼻孔走出來，豆子一樣大，在屋子裡蹦蹦跳跳、歡歡樂樂。再後來，那對小人兒反覆從鼻孔進出覺得這鼻孔小胡同，又遠又黑暗，便直接從蒙住方棟眼睛的白皮上撞開一個洞，從眼睛裡跳出來去看花聞香、歡樂玩耍了。

而方棟，從此眼睛復明，不再輕佻淺薄，最終日有修為，成了一個高尚的人。

此類怪異故事的情節和細節，在《聊齋志異》的小說中，並非三篇五章，而是時時出現，通篇不斷。〈真定女〉寫六歲的女童懷孕生子，母親如拳頭一樣大，嬰兒如針尖一樣小。〈小官人〉講一翰林家裡突然有儀仗隊從堂屋的牆角走出來，「馬大如蛙，人細於指。」而〈小獵犬〉，則和〈小官人〉異曲同工，但更見起伏跌宕，更有日常生活的情趣和意味。

「食後，偃息在床。忽一小武士，首插雉尾，身高兩寸許，騎馬大如蠟，臂上青韝，有鷹如蠅」。（一天吃完飯後，衛周祚躺在床上休息。忽然有一個身高兩寸左右的小武士，頭插雉尾，騎一匹螞蟻那麼大的馬，胳膊上套著青色的皮臂衣，上面有一隻蒼蠅那麼大的獵鷹。）它們到屋裡捉蝨子，捕蚊子，吃蒼蠅，和害蟲們行成一種「小戰場」，把家裡的臭蟲、跳蚤一掃而光。勝利之後又凱旋而去，遺留下一個小獵犬，如同螞蟻那麼大，每天臥在衛周祚的硯臺盒子上，與主人作伴，去衣服的縫裡以蝨子、蟣子為三餐。故事的結尾是，衛周祚又一次午睡，不慎把小獵犬壓在了背下，竟然把獵犬壓扁死去了，拾起一看，獵犬被壓扁得和紙一樣薄。還有〈小髻〉和〈小人〉等，這一系列的小說，似乎並無太多深涵或寓意，其共同之處就是小人、小物、小世界，追根溯源可至《山海經》中的小人國，然而將其編輯在一起，便讀出了祖先們在面對醫療及生理認知局限中的想像和幻念，由此讓人領悟到——作家在認知局限的停頓處，也恰恰是文學想像起飛的開始，如所有的科幻寫作都是從科學知識不能再往前伸的地方起飛樣。這類志怪奇幻的寫作，至少這一組小人、小物、小世界的寫作，正是蒲松齡古典「科幻」的開始和實驗，只不過這裡的科幻不是立足於今天的物理學和宇宙學的邊緣上，而是在古代醫學終止的地方去延伸想像和寫作。一如〈耳中人〉起始於人們對氣功走火入魔所導致的幻覺和腦神經系統的紊亂症；〈瞳人語〉起始於數百年前人們對眼睛白內障的不解和認知；〈小獵犬〉來自於對生活害蟲煩惱的想像和趣味化。

·46·

當領悟了有一種想像寫作的飛翔恰恰始於知識（科學）終止的地方時，而另外一種停止在認知邊緣，也就以文學真實的名譽被記錄下來了。

〈齕石〉彷彿是一篇紀實小故事，寫人可以不食糧食而吃石頭。這篇小紀實，不僅讓人想到《百年孤寂》中每天要吃土的麗貝卡，還讓人想到來自現實生活中的返祖怪誕和一些超越人對自身認知的奇異和不解。〈男生子〉當然可以理解為是一篇無稽之談。福建總兵楊輔，有個供他淫樂的男孩，男孩忽然覺得腹內異常，之後也就懷孕生子了。此一記述不僅無稽，而且無聊，但對此我們也可以用今天的觀點去理解——蒲松齡不僅寫了同性戀，而且寫了「男孩變性」的可能性。在這兒，對文學的過度闡釋是一件事，而文學提供了可以讓人過度闡釋的可能是另外一件事。《聊齋志異》恰恰就是這樣一部書，從這個意義說開去，我們便又一次看到，在常識、認知的終止處，恰是另外一種文學的開始時。在蒲松齡的寫作中，除了緣於作家對人自身生理、醫學的認知局限產生了〈耳中人〉、〈瞳人語〉和〈小獵犬〉這樣的小說外，面對大自然認知的局限性，讓蒲松齡又開始了一種「自然奇異」之寫作——〈夏雪〉真正的文學意義不僅在於那時人們對老爺都必須要稱「大老爺」，而且對小神的稱謂也喚「大老爺」，這樣才能讓那場七月的夏雪可以停下來；還在於南方蘇州竟然也有「七月雪」。而當我們把這場七月雪和〈竇娥冤〉中的「六月雪」對讀對解時，我們便從中讀出了大自然的神祕力量來。〈赤字〉寫順治十二年的某冬夜，天空火紅，出現了不可解的璀璨文字來。〈化男〉寫一塊突然從天空落下的隕石，恰巧砸中了一個女子，那女子從此變成了男人。〈水災〉寫了一場洪水中的怪異和倫理，卻也告訴我們如地震、大水、冰雹之前，大自然中動物有異兆和感知。〈元寶〉記述廣東臨江山崖險峻的崖石上，常嵌有奇異之物——元寶般的礦石；〈研石〉記述洞庭君山的石洞中，有種石頭呈黑色，性軟如泥土，割下見風而硬化，是非常好的研墨石。〈查牙山洞〉是可以當做探險遊記去讀的，但小說清晰地寫著人對大自然的不可解。〈地震〉、〈雹神〉、〈雷公〉等，也都大抵是如此。

《聊齋志異》有十餘篇有關龍的小說寫作，這些小說再一次從一個側面說明著，人們對大自然的認知局限和不解，才使中國文化中有了對龍的想像和崇拜。龍文化的產生和興盛，也正緣於某種認知無法抵達的斷崖處，如〈豬婆龍〉、〈龍〉、〈蘇仙〉、〈產龍〉和〈博興女〉，在這兒，值得思考的一個問題是，在非狐、非鬼、非科學的小說題材中，在醫學、生理和自然認知的局限裡，我們沒有讀到如鬼巫寫作中的〈小謝〉、〈畫皮〉、〈連瑣〉和〈聶小倩〉這樣奇妙動人的小說來，沒有讀到在狐狸到人間的故事裡，如〈青鳳〉、〈胡生〉、〈小翠〉、〈鴉頭〉、〈蓮香〉、〈胡大姑〉和〈胡四相公〉這樣的小說來。就是在一些荒誕、傳奇寫作中，也很少有類似〈快刀〉、〈促織〉、〈瑞雲〉這樣完美到讓人驚異之寫作。如此說絕然不是論道蒲松齡的寫作之不足，而是說《聊齋志異》以近五百個短篇寫作矩陣為我們在方方面面地證實了一個根本點，那就是在這些洋洋灑灑的小說中，凡是關涉人情和俗世之寫作，多都繪聲繪影，落筆有神，而凡離開人和日常俗世拉開距離的，便顯出了滯澀和生硬，缺少了生活、人情、人性的滋潤和反映。

當三百年後我們將「文學是人學」作為寫作的律條和信仰反覆討論時，原來在三百多年前，《聊齋志異》已經通過寫作證實了這一點——文學終歸是一種人的俗世情感學，哪怕是非人的神、鬼、狐、仙或妖異，但凡蒲松齡寫出華彩篇章的，無不是這些非人成為凡俗的人，或者是非人之人也要和凡人生活在一起。反之讓人或故事的走向遠離塵世和凡俗的，便呈現出一種滯澀、僵硬甚或無意義，如天空落下一塊石頭讓女人成了男人或男人成了女人一樣。

就志怪傳奇中這些異相小說而言，在我們說的滯澀僵硬中，卻又有一種極具現代性的荒誕。這樣的小說在《聊齋志異》中篇數並不多，然僅有那麼幾篇也足讓這類寫作有了不凡的價值和意義，如有人說的一篇〈鑄劍〉撐起了整個《故事新編》樣。而蒲松齡的〈酒蟲〉、〈孫生〉、〈小棺〉和〈紅毛氈〉，可謂是這類寫作的奇中之奇，怪中之怪，而又不失某種「真實」的可能和想像，為超現實的寫作築基起臺，打造了登天之雲梯，且還為這種雲梯搭建基腳和靠牆。

〈酒蟲〉在這幾篇小說中，並不為十分出色和閃光，而日本作家芥川龍之介，則在大正五年（一九一六年），根據〈酒蟲〉寫了同名小說發表在了《新思潮》。這種重寫如同法國、德國作家由《伊索寓言》漸次再造列那狐和萊涅克狐，評價的關鍵不在於有了重寫就證明前者的好，而在於重寫的藝術境界。山東長山縣一個姓劉的人，家境甚好，卻嗜酒成性，人胖如桶。後來有僧人從西域來，認為劉某身體有病，體內有酒蟲作怪，於是在一個夏日的烈炎之下，將劉某捆綁起來，放一罈美酒在他面前不遠處，其酒香撲鼻，如四月春香，使得劉某酒癮大發，渴望撲到那一罈美酒上大喝一場。然因其手腳被捆，不能動彈，如此他反覆扭動身體，如吸食鴉片的人看見了煙館、煙槍一樣。結果，在這種掙扎和誘惑下，從他的喉嚨裡吐出了一塊三寸左右的紅肉來。紅肉上有鼻子有眼，這也就是劉某體內的酒蟲了。

故事的結尾，西域僧沒有收取劉某的任何報酬，只是要了那隻酒蟲去。因為那酒蟲是酒之精華，只要在甕中放水，將酒蟲置於水中，那一甕水便會變成一罈美酒。而劉某，因為肚裡沒了酒蟲，人便見酒嘔吐，自此再也不能飲酒，人也日漸消瘦，家裡殷實富康的日子也漸次衰落，直至一貧如洗。在〈酒蟲〉這篇小說中，荒誕、奇妙的是酒蟲的寄生和造酒。因為它是酒之精華、精之魂靈，所以將酒蟲放在一罈甕水中，便有一壇美酒生出來，這如同今日造酒的「酒頭酒」和蒸饅頭的「酵母粉」，給我們一種真實和存在的可能性，或說神實和魔幻。然而劉某肚裡沒有了酒蟲，不再喝酒卻日日地瘦，結果連家裡殷實富足的日子也逐漸淪為一貧如洗了。「日日地瘦」可能還有一種生理邏輯之真實，但家裡的日子日漸貧窮和不再喝酒有什麼關係呢？不喝酒不是更可以節約讓家裡日子更為富足發達嗎？所以芥川龍之介重寫〈酒蟲〉時，不僅是把蒲松齡的〈酒蟲〉寫得更為詳盡、具體和形象，而且在他的小說第四節，特意將他對劉某家境敗落的懷疑用一、二、三的疑問寫出來，而且這種直面讀者的問答和疑問——而非故事敘述的延宕和收場，既改變了故事的敘述方法，又使得小說與讀者獲得了互動的真實。

或者說，獲得了敘述的自由和現代性。

·48·

相比〈酒蟲〉留下的關於「真實」的疑問和荒誕，〈紅毛氈〉就是一篇神奇傑作了。小說甚短，全文如下：

> 紅毛國，舊許與中國相貿易。邊帥見其眾，不許登岸。紅毛人固

請：「賜一氈地足矣。」帥思一氈所容無幾，許之。其人置氈岸上，僅容二人；拉之，容四五人；且拉且登，頃刻氈大畝許，已數百人矣。短刃併發，出於不意，被掠數里而去。

譯文為：

紅毛國，過去朝廷准許他們和中國貿易往來。邊界官吏見他們人多，不許他們上岸。紅毛國人堅持請求說：「只要賞我們一塊氈子大小的地方就足夠了。」邊官想，一塊氈子容不下幾個人，也就同意了。於是他們把氈子放到岸邊上，氈子只能容下兩個人；拉一下，又容下四五個人；一邊拉氈子一邊登上岸，轉眼間毛氈擴大到一畝地大小，已能容納數百人。這時，他們抽出短刀一齊進攻，由於出其不意，被他們搶掠了好幾里地才離開。

脫開這篇小說中的紅毛國——荷蘭或英國，再或是指整個的歐洲諸國的侵略者，純粹回到小說的藝術上，〈紅毛氈〉幾乎打開並道盡了某種寫作真實與荒誕的全部機密和暗箱。從毛氈上僅能站立的兩個人，到一拉一拽可以站立五六個，再到拉拉拽拽有一畝那麼大，可以登岸站立數百人。如此突然地短刀廝殺，攻掠搶劫，從而完成了蓄謀已久的侵略和掠奪。這篇小說的構思、展開和結尾，完美得如一股春風化為一場龍捲風，縝密嚴謹，情理得當，神祕而有力。其一塊紅毛氈的大小變化，自然是超常、超奇到不可能，然而我們為什麼就相信了它的真實呢？

一、因為我們在生活中幾乎人人都相信皮筋和橡膠經拉拉拽拽可變長或變大，這裡有物理的因果真實在，有文學邏輯中「半因果」[1]的關係在。

二、紅毛國——無論是指荷蘭、英國或歐洲哪一國，我們相信他們的科技之發達，能創造出太多神奇、神祕物，如那時的鏡子、洋槍和照相術。

1 指在小說的各種因果關係中，既非完全對等、又非完全沒有聯繫的一種因果關係。參見閻連科：《發現小說》，印刻出版，二〇一一年。

三、畢竟小說寫到了搶掠數里之掠奪，它喚起了中國讀者對西人的警覺心。尤其一百多年來，中國對外侵的記憶深刻如刀割，留下了難以治癒的集體記憶之疼痛。這種痛感和記憶，在無限地增大著對西人入侵的擔憂，因此也就增大了「紅毛氈」的真實和存在。

在〈紅毛氈〉這篇小說中，「紅毛氈」的這一細節如同特洛伊戰役中巨大的木馬一樣，神奇乃至更有文學的意味在其中。特洛伊之戰中的木馬是智慧的，寫實的，而〈紅毛氈〉中的紅毛氈，不僅是智慧的，而且是神實寫意的，超越了生活真實的精神與靈魂的真，只不過蒲松齡在這兒只短短寫了百來言，而倘若他或他的後人依據這小極小極之一點，寫了一部《三國演義》或《戰爭與和平》，那麼這樣的文學結果會是怎麼樣？

想到這兒我的腦子轟然一響炸開了。

與〈紅毛氈〉類似的小說還有〈孫生〉和〈促織〉。〈紅毛氈〉與〈孫生〉相比較，一個題材之大之神奇，寫到了國家、中西之「戰爭」，另一個之小之神奇，僅僅是寫人和家庭之隱私，個人化至極讓人難以啟齒和言說。故事講孫生娶辛氏為妻，而辛氏生來又厭惡男人，從嫁到孫家那一日始，就穿合襠褲，用繩子把身子捆了一圈又一圈，使丈夫晚上睡覺根本無法打開她的衣服來，而且她還在枕頭下放了錐子、簪子等器物，以對付丈夫半夜不規。丈夫孫生為此苦不堪言，後來他聽了同窗某生的錦囊妙計，用迷魂的藥酒使辛氏迷醉無力，終於得成一次魚水之歡。然而孫氏酒醒之後，覺得羞恥而上吊自殺了。當丈夫孫生把她卸吊救活過來後，從此二人徹底成了陌人和路人，成了仇人了，長達四五年，誰都懶得多看誰一眼。

然而有一天，生活中出現了一個老尼姑，見了辛氏大誇其妙哉漂亮，但婆婆卻在老尼姑面前長吁短嘆，對尼姑說了兒媳對丈夫和男女之事的厭惡和仇怨。

老尼姑微微一笑說：「此事容易！」也便如此這般，向婆婆交代一番，讓婆婆在絕對保密中去買一幅春宮圖，三天後老尼姑又到了孫生家：

> 乃翦下圖中人，又針三枚、艾一撮，並以素紙包固，外繪數畫如蚓狀。使母賺婦出，竊取其枕，開其縫而投之，已而仍合之，返歸故

處。

譯文為：

就剪下春宮圖上的人物，又把三根針、一撮艾，一塊兒用白紙包嚴了，在外面畫了幾筆，形狀如蚯蚓。她讓孫母將兒媳哄出臥房去，偷偷拿來兒媳的枕頭，挑開枕頭縫把東西放進去，然後縫好送回原處去。

結果如何呢？孫母等兒子、兒媳睡覺後，派一個老媽子去聽房，聽到半夜兒媳睡不著，在床上輾轉反側，開始一聲聲喚孫生。當然，孫生心有前嫌，沒有搭理媳婦半夜的暗示和喚叫。如此母親和老尼姑又如法炮製，同樣在孫生的枕頭裡縫了春宮圖的剪人、銀針和艾草。結果半夜老媽子繼續去聽房，聽到了這對夫妻在床上的歡樂和戲鬧。從此後夫妻關係修如新婚，十多年無爭無吵，恩恩愛愛，並最終兒女繞膝，家和萬事興。

〈孫生〉的意義不僅是蒲松齡寫了個體、家庭的隱私，而且同〈紅毛氈〉一樣，寫到了文學的「精神真實」——神實對人和生活真實的超越與突破。倘說在枕頭裡縫藏春宮圖並畫上銀針和艾草，這艾草和銀針，屬不可信的巫術、巫文化，那麼，春宮圖的剪人被放在枕頭裡，對人本慾的喚起，就完全是一種精神真實的絕妙寫作了。妙得如一滴糖蜜落入一口井，讓每一桶水都變得有了甘甜之味般。

到這兒，我們不能不講〈促織〉這篇被收入中國教材課本多年的著名小說了。被收入課本，是因為這篇小說「對封建王朝腐朽的揭露和批判」，和故事的嚴密、精細和對人物的刻寫。而在我看來，更重要的藝術價值是故事中戰無不勝的小蟋蟀與成名的兒子跳井死而獲救後，一直昏迷而其「靈魂」化作小蟋蟀的神祕、神實的內在精神之聯繫。

·49·

浪漫、想像、神話和志怪鬼異等，毫無疑問是《聊齋志異》最大的特色和獨技，然在其它一系列的志怪異相寫作中，一個籠統的「怪」字遮掩了一切的價值和可能。我們總是沉迷於《聊齋》給我們描繪的各種世界裡——鬼域、仙界、狐世與人生，都是完全不同的時空和存在。我們像觀看不同的演出一樣，欣賞著不同的光怪陸離。又像觀看一臺有千變萬化的幻影舞臺劇，所有不同時空的生命都被集中在了同一舞臺上，可我們卻很少去思考是什麼把他們聯繫在一起。是什麼把完全不同生命的一、二、丙、D串聯起來了。在不同時空的世界裡，他們彼來此往的橋梁在哪兒、連綴的暗線在哪兒。〈紅毛氈〉、〈孫生〉和〈促織〉，告訴了我們這一點，彼岸、此岸的路道和連線——超越真實的神實連繫，就像黑和白、紅和藍相接處的色染混合，我們能畫出那黑白和藍紅，我們很難畫出他們混染時哪一種染色才是最為正確、準確的。這一點，如果〈罵鴨〉、〈錢流〉這樣的小品故事未免太過簡單和黑白分明的話，那麼以〈罵鴨〉、〈錢流〉為起點，通過閱讀的腳步穿過〈促織〉、〈孫生〉和〈紅毛氈〉，來到〈小棺〉和〈遼陽軍〉這種超越真實的真實裡，就可以看到更為深邃真實的黑洞了。

在〈小棺〉這篇小說中，講天津有位船夫，夜夢中有人告訴他，明日有帶著竹筐的人登船，你可向他討要銀子一千兩，倘若他不給，可寫出「厵、贔、矗」這三字給他看。次日醒來，船夫果然看到牆上有他不認識的這三個字。這天黃昏，他也果然看到有人提著竹筐來渡船，船夫便向那人索要銀子一千兩。來人吝嗇，船夫就給他寫了「厵、贔、矗」三個字。而那人看到了這三個字，大驚失色，立刻丟下手中的竹筐逃走了。此時船夫打開他提的竹筐，竹筐裡滿滿一筐都是精巧製作的小棺材。每個小棺材裡都裝有一滴血。而此後不久，吳三桂叛變，黨羽被殺，殺頭的人數正好和這小棺材的數量相等，一個不多，一個不少。

這篇小說的精妙玄迷之處有三點，一是船夫得來的夢和這夢的應驗；二是無人認識的三個字到底是什麼意思，而讓乘船人驚恐不安；三是小棺的神祕和吳三桂謀反黨羽被殺的聯繫。整個小說充滿神祕、神奇和恐怖，給我們留下了永遠無法破解的黑洞之想像。然而這黑洞又和歷史真實相聯繫，這就使得黑洞的真實有了不可推翻的依據和可靠，從而使得神祕獲得了一種超越真實的真實感。而〈遼陽軍〉中的神祕、真實和〈小棺〉則異曲同工，讓人遐想一種小說的真實在超越了經驗之後的可能性。這樣的寫作，無論是〈孫生〉、〈小棺〉、〈遼陽軍〉或者〈紅毛氈〉，它們給我們的啟示不僅是寫什麼，而是真正意義上的怎麼寫和為什麼要這樣寫，如同我們吃了一盤妙不可言的炒菜後，一定要弄懂廚師為什麼能炒出這樣妙不可言的菜，其方法和配料的祕訣是什麼。

不過，有更多人得了美食後，是不去追究如何能製作出如此妙食良方的——因為那些人，是甘於當美食家而非烹調師。

第九講

被傳奇遮蔽的歷史、家庭與女性

·50·

志怪與傳奇，實為一個人的左腳和右腳，而這個名為荒誕的人，將志怪與傳奇統一為一體，使得因為志怪而傳奇，因為傳奇而志怪。它們一體一身後，讓荒誕有了生命與行動，這種行動、生命又因荒誕獲得了巨大的現實性。甚至有時候，在《聊齋志異》的寫作中，不是因為作家寫了日常現實和真實歷史使得小說有了現實感和生命力，而是那種荒誕加劇了小說的現實意義和現代性，一如《紅樓夢》中所有的細碎都在加劇它的寫實、現實意義一樣，《聊齋志異》中所有的傳奇與志怪，又都在反證著蒲松齡的寫實性和現實意義。尤其在某類志怪和傳奇的寫作中——這類寫作淡化了妖異孤鬼的濃墨與重彩，使現實中純粹人的生活和景觀，占據著故事的統治高位。而在這人的日常生活與日常景觀中，卻又刻寫、鑲嵌了傳奇性或志怪性。而這時的志怪和傳奇，又反過來托舉起那種讀者可以人人感受、感知的日常和現實，使日常和現實，發出傳奇或志怪的光，而且這束光，又把讀者可感受的現實與日常，照亮得每一毛孔、每一呼吸都有了浮雕般的凸顯和清晰，同時又是極其日常塵世的。

·51·

如果說現實與日常，是一塊塵埃俗土的話，那麼從這塊被腳跡踩至板結石硬的死土中生出一株一片異花香草來，這也就是傳奇了。倘若這些花草明明是艾草或茅地，但這茅地艾草上，卻又開出了牡丹、芍藥和玫瑰，那也就從傳奇進入志怪了。以此進一步地說，在這被志怪了的荒野草地上，不僅有了荒草、墳墓和狐狸，而且那墳墓裡的屍骨和草間的狐狸又都成了人——包括其他種類的非人，它們都來到人間俗世裡，和人生活在一起，和人發生著各種恩怨與情愛，這也就是《聊齋志異》最為華彩的耀眼之處了。

我們現在把這一華彩迴圈倒回來，從狐鬼非人倒行一步到志怪，再從志怪倒行一步至傳奇，便可明白這一章「被傳奇遮蔽的歷史、家庭與女性」中的傳奇性，是怎樣超越現實、又是怎樣始終和日常實在在一起，未如志怪樣常常跳脫而進入荒誕或跨過荒誕走向只可意會而不可究其邏輯的鬼怪層面上。

傳奇與日常為鄰居。

志怪與傳奇為鄰居，與現實有更遠的距離。但它們——傳奇、志怪與日常，彼此又被某種內在統一的荒誕串聯、糾纏在一起，如牛肉、羊肉、豬肉共同炒出一盤濃香大菜一樣。菜是混味混體在一起，而本根裡各自又有不同的根源與味源。從這個角度理解說開去，〈快刀〉是把三者連繫在一起的最為妙然的精品小說了。「明末，濟屬多盜。」為什麼明朝末年那個時候濟南府所屬轄的十五個縣和其它地區盜賊盛行呢？為什麼那個時候有那麼多的叛亂、起義和鬧事？這其中，民不聊生自然是最重要的原因與根本。然民不聊生的現狀〈快刀〉沒有寫，但一個士兵因其殺頭過多、使殺人的手藝練習到「斬首無二割」，每次砍頭都能讓刀從骨頭的縫裡準準確確閃過去，這是何等的刀藝和驚懼，得殺多少人才可以練出這等劊子手的絕藝來？而人頭被砍後，頭顱滾出很遠還能對殺者稱頌道：「嘿——好快的刀！」這就不僅傳奇而且怪誕了。

將〈快刀〉這篇小說歸為傳奇還是歸入怪誕好，不是一樁值得討論的事。值得討論的是它道出了傳奇、怪誕在許多時候一體兩面的不可分，同時又因為這種一體兩面加劇了我們對現實（當時的現實）的思考與理解。讓我們清晰地去感受、追究在《聊齋志異》中被傳奇、浪漫、志怪這些概念和主義遮蔽掉的現實與寫作。讓我們抽絲剝繭，剝開這些遮蔽，看到在蒲松齡筆下的日常現實的驚人樣貌和形態，如〈口技〉、〈諸城某甲〉、〈江城〉、〈張城〉、〈張氏婦〉、〈男妾〉、〈王桂庵〉、〈富翁〉、〈局詐〉、〈冤獄〉、〈細柳〉、〈清石虛〉等百餘篇這類傳奇故事中，都有著小人物在大歷史和現實社會中的日常性。且這種日常性，都因為傳奇而更醒目，因為醒目的日常而使傳奇更凸顯，從而使得傳奇寫作成為《聊齋志異》整部小說的底色和基礎，如同濃雲密霧籠罩在塔頂時，我們不得不去關注那個高塔的地基和底座樣。

就傳奇言，始終貼繞在現實與歷史裡的人物去刻寫，〈江城〉、〈張氏婦〉與〈王司馬〉，是最為突出三篇小說了。〈江城〉自始至終圍繞著高蕃與江城，二人自小相識，相愛成婚，婚後江城成為「惡婦悍女」，而使高、江兩戶，雞犬不寧，日子驚恐。惡婦悍女，是蒲松齡一大批女性塑造中最為獨特的「這一個」，乃至是常有偏見的「這一個」——對丈夫恨天咒地、動輒打罵；對公婆粗言相辱，陋語相向，江城這一形象可為是極中之極、奇中之奇。故事沒有大起大落，筆墨文字，始終都在家長裡短間。柴米油鹽、床笫爭吵、婆媳關係、娘家恩怨，一篇〈江城〉可謂那時候一個家庭日子的細碎烏煙圖。然而在家庭這一地豬鬃馬尾的生活裡，江城這個形象卻超越日常而傳奇，到了惡婦的極致之極致。她從絮叨發火，到將忍讓的丈夫推下床鋪關在門外過夜，再到使丈夫的臉上、身上時常掛著抓痕和傷跡，其後發展到甘願冒充妓女在床上半夜等丈夫，從而把柄在握，耳光連連，甚至最後因為自家的姐姐、姐夫議論了自己為人的長短而大打出手，打得姐夫、姐姐東躲西藏；丈夫出門與人飲酒相見，也要把自己扮為席宴上的書生男客來監督和追蹤；懷疑丈夫和丫環有染，就把丈夫和丫環肚子上的肉，各剪下一塊互換補貼，讓丈夫的肉長在丫環肚子上，讓丫環的肉長在丈夫肚子上。凡此種種，可謂將天下女人的千惡萬嫉集江城於一身，將天下男人的柔弱、無奈、窩囊集丈夫高蕃於一身，讓這對日常家庭中的凡塵人物，獲得了傳奇性——而不是故事中佛教輪迴觀念使江城成為賢妻中的賢妻的傳奇性——從而使〈江城〉之寫作，帶著人間煙火的濃烈，獲得了人物傳奇的熾熱。而這一人物傳奇的熾熱，又回頭熾烤著家庭世俗的寫實之炊煙。

與〈江城〉書寫家庭細碎和傳奇對應的，則是〈張氏婦〉和〈王司馬〉。就傳奇始終貼繞現實中的人物而言，後二者則比〈江城〉更為突出和罕見。〈張氏婦〉在明清之亂、割據削藩的戰爭背景下，寫了蒙古兵在山東民間的姦淫和掠殺，而張氏婦，則在屋空村虛、人皆逃之後，自己獨留村莊，在炕下挖洞而洞上鋪席，誘惑蒙古兵上炕踏席落洞，爾後點火燒之。在這個頗含紀實的傳奇故事中，張氏婦大膽智慧，遇事不驚、步步為營，最終不僅自保平安，還保護了村莊和田野，其女性人物的靈動與鮮活、煙火氣息的濃郁與實在，堪為《聊齋志異》中上百女性形象的典範。將其與狐鬼仙異中的女性放在一起比較，張氏婦就是植物花草園就而起的一尊堅實高大的女性雕塑了。及至到了〈王司馬〉，這人物之傳奇，簡直更是雕塑中的雕塑、神筆中的神筆了。一個短篇，三個故事，如諸葛孔明的前世、再生或濃縮。自明萬曆二十年（一五九八）至天啟、崇禎間，司馬王象乾居邊二十年，先鑄了一把重三百斤的大刀，令士兵四人抬至邊境，故意讓北方人（後來的清軍）來移動抬挪，待他們挪移不動時，王司馬再刻如大刀一模一樣的木刀，在邊境上揮舞如風，使得北方部落無不震驚。繼而在防區邊界，移栽蘆葦，以此為邊界之牆，言說「此吾長城也。」而北方兵馬一到，將其蘆葦邊界拔去燒火，如此三番。司馬就在新栽的蘆葦下麵埋下炮石火藥，北兵再來拔這蘆葦時，火藥炮石，立刻炸響，北兵死傷無數，見到邊境蘆葦，再也不敢前行冒犯。到最後，王司馬八十三歲時，皇上又令他到邊境退兵打仗，而人老體弱的司馬只好演出「空城計」，躺在帳中的床榻而退兵。

每止處，輒臥幃中。北人聞司馬至，皆不信，因假議和，將驗真偽。啟簾，見司馬坦臥，皆望榻伏拜，撟舌而退。

譯文為：

每到一處防地，他就臥在軍帳中。北方兵聽說王司馬來了，都不相信，於是假裝來講和，以驗證消息真偽。北方兵打開軍帳的簾子，見王司馬坦然地躺在床上，都望著床榻跪拜，畏懼地退兵而去。

〈王司馬〉短短幾百言，故事如速寫，情節如線畫，其人物栩栩如生，傳奇在外而又情理在內。在傳奇中寫實，在寫實中道傳奇，使其社會與歷史，更顯出真實和動盪，而又在動盪不安中，書寫著現實的傳奇和神話。〈江城〉的傳奇著筆於家庭倫理的細碎庸常中，而〈王司馬〉和〈張氏婦〉，在國家、歷史、戰爭中去書寫傳奇和真實。這構成了《聊齋志異》中最為不同的寫真與紀實，就篇幅、字數自然不能與《三國》、《水滸》相並論，但在這種傳奇中的日常現實性、現實中的日常傳奇性，卻為我們留存了更值得探討的嘗試與經驗，為現實主義和現代主義的寫實、真實提供了完全不同的路徑和可能。

·53·

人的傳奇是一方面，物事的傳奇是另外一方面。若《聊齋志異》失去了傳奇性，小說價值就有一半根基不在了。然在這種寫實傳奇中，傳奇並非真正值得探討、追究之所在。日常性與現實性，才真正使傳奇有了價值的根基。討論聊齋的人物傳奇如〈江城〉、〈王司馬〉就如同品評一個人的衣物樣貌一樣，而透過衣物和樣貌，透視內部的肉體和靈魂，才是討論的意義所在。在寫實傳奇中，另一類的寫作不是仰仗人物而完成，而是圍繞著物事而展開，如〈山市〉、〈石清虛〉和〈離亂二則〉等。在這種緊貼物事的傳奇寫作中，物事的意義取代了人物的重要性，獲得了另一種傳奇和韻味。〈山市〉如同一篇描繪海市蜃樓的散文般，逼真而具體，縹緲而詩意，其中桃花源和烏托邦的意境和趣韻，卻不是〈江城〉和〈張氏婦〉所能給予的。〈桃花源記〉寫的是桃花源的「在」，而〈山市〉寫的是俗凡之世的繁華和桃花源的「不在」。這一「在」一「不在」，桃花源的靜境和近在眼前的鬧市相對應，越發讓人覺得〈山市〉一篇寫作不凡了。〈離亂二則〉和〈張氏婦〉、〈王司馬〉一樣，故事都在朝政動盪、戰爭頻頻的歷史背景下，但〈離亂二則〉的傳奇支點卻不在人物而在人物關係上——尤其第一則。故事寫一劉姓女，在戰亂出嫁時，被一軍官所俘獲，而那軍官卻對劉女相敬如賓，毫無非禮之舉。後來軍官抓來一少年，年齡和女孩差不多，儀容風采，漂亮而儒雅，他令少年和劉女同床共枕，結婚成家。為什麼要如此？因為他沒有兒子，無法延續香火，他就抓來一對男女為他續香火——這委實是太好的一篇小說的人物關係了——是最內在的小說精神關係的聯絡圖，構成了精神中的精神，傳奇中的傳奇。可惜在這篇小說的結尾中，蒲松齡交代說那個少年也正是劉女要嫁去的新郎官。戲劇性的巧合構成了蒲松齡的倫理傳奇之書寫，但卻毀掉了人的精神——最內在的心理傳奇的可能性。第二則故事裡，這種倫理巧合的傳奇性再次出現，並比第一則更為離奇。陝西某公，因戰亂和家人失散，在他回京述職時，他的老差人妻子亡故，於是他便賞差人銀兩，讓差人到街上再買一女子為妻——那時候政府的軍隊平亂凱旋，俘獲的婦女不計其數，這些婦女都被插上草標，在集市上一一售賣——多麼上佳的小說題材哦——差人來到集市上，因為手中錢兩不多，不敢去問價少女少婦，就買了一個年長的婦人——這個故事要走向人性的最為幽深之處了——可老差人把婦人領回家裡時，陰錯陽差，這婦人竟是他的上司某公的母親——一篇可以在人性、精神、靈魂上成為傳奇的小說，就此被倫理巧合侵害了。為了感謝老差人替自己找回了母親，某公這次給了差人更多的錢。錢多了，老差人又上街買女人，這次因為錢多他買回了一個三十幾歲的少婦。可回到家裡，這少婦竟然就是他的主人某公的妻。如此老差人得到了更多的賞錢，終於到街市上買了一個更年輕漂亮的媳婦。

一個好端端的可以書寫更內在和精神傳奇的小說，被人物關係的倫理傳奇、離奇毀掉了。這裡我們不必充當裁判師，我們明瞭寫作在一個時代必由這個時代約束和捆綁，更何況蒲松齡深愛戲曲，自然會將書藝戲曲的戲劇性，有意無意地帶進小說中。但這兒，我們分析〈離亂二則〉時，要說的是蒲松齡把這種傳奇建立在了「離亂」上，使得戰爭、苦難和災異，因人與命運的「傳奇」而被書寫，被讀者看到和思考。至於倫理關係戲劇性的傳奇成敗，則是一個時代和另一個時代對人物倫理關係的不同理解吧。我們是站在今天的瞭望臺上去觀望幾百年前的傳奇寫作的，而不是如幾百年前一樣，去理解人物、故事的巧合與傳奇。正是在這個基礎上，在寫實傳奇中，把傳奇性從人物抽離，將筆觸始終都放在「事與物」的寫作上，當屬〈石清虛〉更為成功並值得議論。這兒不是說〈石清虛〉表現了古人愛收藏，而是說它始終把石頭當作「人物」來緊貼和追筆，得而復失，失而復得，反反覆複，起起落落，傳奇乃至離奇，離奇乃至神奇，雖然讀來常有一種失真感，但卻也寫出了人物對所愛之物愛至靈魂的動人和奇異。

在物事傳奇中，精短的〈山市〉則更為神奇並有著和陶淵明異曲同工的妙哲與詩意。而在此一類奇與實的寫作中，終歸〈王司馬〉和〈張氏婦〉顯得更為雄厚、動人和難忘。由此說到底，所有的傳奇，都必然歸為人的傳奇。離開了人的真實與實在，傳奇便會飄離現實的生活而高掛在天空上。而作為人的讀者和讀者的人，對腳下生存、生活的關心絕然是勝過頭雲飄渺的。

·54·

討論傳奇與實在，是不能遺落《聊齋志異》中的一組公案寫作的。〈于中丞〉、〈郭安〉、〈胭脂〉、〈太原獄〉和〈新鄭論〉，自然不能與〈包公案〉、〈施公案〉論說與並置，但如〈于中丞〉同樣有著實中奇與奇中實的特色和可讀性。〈商三官〉是一篇寫女性為父報仇的公案故事，其傳奇性和公案的紀實性，讓《聊齋》公案小說獲得了更為豐富的內涵和意義，也算是《聊齋》對公案寫作的獨有貢獻了。

《聊齋志異》的公案傳奇寫作，因與狐仙妖異相較而顯出了不能忽略的「生活真實」來。而在這樣的生活真實裡，女性形象作為小說主角的寫作與塑造，遠比男性形象豐潤和複雜，給閱讀留下的記憶也更為鮮明和深刻。

不可否認地說，蒲松齡和曹雪芹，都是女性寫作的聖手大家。〈俠女〉、〈霍女〉為我們塑造了一對行俠仗義、快意恩仇的女俠形象；〈張氏婦〉和〈庚娘〉，寫出了戰亂中女性臨危不懼的智慧與正義，尤其〈張氏婦〉中的張氏婦，其形象之鮮明，情節之傳奇，細節之實在，可謂古典短篇中的典範之典範。由這一形象延伸，〈張城〉、〈江城〉、〈馬介甫〉則將悍婦這一形象反覆地在家庭倫理中推演和再現，使這一形象即便不為讀者所喜愛，卻在《聊齋志異》的女性人物譜系內，確立著鮮明獨特的畫像與書寫，比之狐女、鬼女、仙人與常人的女性形象群，有著如《紅樓夢》中王熙鳳與劉姥姥一樣的人物價值與意義。而與悍婦人物對立的，是〈細柳〉、〈農婦〉、〈喬女〉、〈仇大娘〉等小說中集倫理眾美於一身的女性。細柳姑娘（〈細柳〉），相夫教子，持家正理，是那個時代男性心裡女性的完美形象。〈農婦〉所寫非農婦，是一瓷商婦人，她粗悍正義，是非分明，其形象如線條之墨畫，讓人想到與張氏婦的異曲與精妙。而喬女（〈喬女〉）的醜陋和殘疾，則在《聊齋志異》中實為少見，使人想到雨果筆下的男性加席莫多。她集眾醜於一身，而蒲松齡卻將他對女性美的所有內在的理解，都集儲在這一醜女形象裡。喬女正直、良善、賢慧、不阿諛、不媚富，而又忠夫持家，在家庭倫理中傳奇地寫實又寫意，顯示著蒲松齡對女性和家庭清晰的態度和立場。尤其在這種對女性懷有理想主義的浪漫寫作裡，使人感受到作家對女性的尊重和愛，有著在生活的凡俗庸常和時代局限中塑造女性的最獨有方法和追求。

〈仇大娘〉在《聊齋志異》中是一篇篇幅超長的短篇，將其作為中篇閱讀和理解，似乎更為貼切和到位。但就人物、女性與家庭言，似乎不如〈江城〉成功豐富，然在家庭倫理網的布局和寫作上，它卻幾乎如家庭倫理關係譜系的百圖大全般，囊括了蒲松齡筆下所有家庭倫理傳奇關係網絡的來龍、去脈與枝散。

可以說，在某種程度上，《聊齋志異》是一部中國式個體家庭血脈倫理網的清明上河圖。在蒲松齡的寫作裡，家庭——幾乎是每一個故事的故事源。家庭內部的各種倫理、血緣之關係，構成了《聊齋志異》的人物關係和人物關係的誕生與延伸。夫妻、父女、父子、婚愛、續弦、再婚和休妻，後母、鄰舍、親戚及七姑八姨、八叔九舅等，所有中國式的倫理網路的斷開和延續，構成了這部浩瀚奇書的社會與世界，歷史與現實。〈張城〉、〈江城〉、〈庚娘〉、〈馬介甫〉、〈細柳〉、〈喬女〉等，全部是在這種家庭倫理網路的展開、斷離與複合、反覆中著墨。而在這些小說中，〈仇大娘〉中的倫理網路最為複雜豐富。小說中的人物，如仇尚廉、仇仲、邵氏、仇福、姜氏、仇祿、蕙娘、仇大娘、魏名、趙閻羅、家奴等，彼此間的倫理關係反覆重疊，如同一張中國家庭人物關係的蛛網圖。就其故事與情節，無論怎樣的安排、推演與構思，並不比其它小說更有藝術價值和內涵，然這一張中國式的家族、家庭倫理關係網，當我們將其排列繪製出來時，卻可以幫助我們打開一個走入聊齋豐富寫作的新門扉。

如下圖：

在這個圖網中，故事牽涉了六個家庭，二十餘個人物，完全是一部長篇小說的人物構建。這個網路以男性為中心，寫了三代人——仇仲和他的叔叔仇尚廉，以及兩個兒子仇福與仇祿。緊隨到來的是五位女性，仇仲的前妻

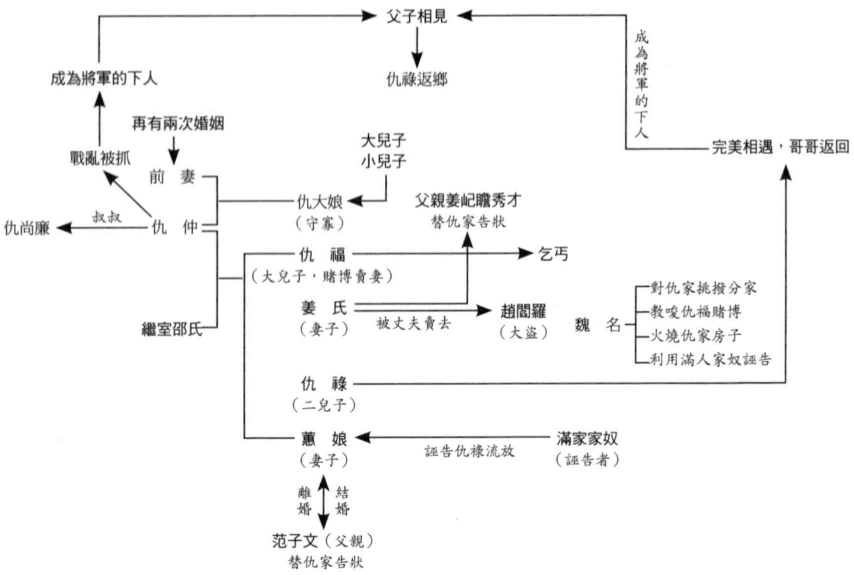

和繼室邵氏，前妻的女兒仇大娘以及兩個兒媳姜氏和蕙娘。由此姜氏和蕙娘的兩個娘家出場了，加之仇大娘遠嫁他鄉的夫家，這就勾連出了六個家庭及三代人的七場婚姻和七位女性的悲劇來。小說故事是以仇仲在世道大亂中被強盜抓走開始的，但推動故事的，是始終站在女性對立面的千惡男人魏名這個人。由於魏名這個人的簡單和標籤化，導致了〈仇大娘〉中幾乎所有男性都是單一的、標籤的道具。然而在這個家族、家庭一波三折的命運裡，蒲松齡不經意間塑造出了一組相對豐富、豐滿的女性人物來——剛毅、正直、公正和無私的仇大娘，忍辱負重、堅韌活著的仇仲續室邵氏女，烈性、忠貞、寧死不屈的姜氏女，和溫和、善良的蕙娘。且在這一組女性中，無論故事、人物的成敗與得失，〈仇大娘〉都在無意中寫出了女性在那個時代家庭婚姻中慘烈的悲劇和犧牲。不是故事中家道敗落、出獄入獄、流放他鄉、財產盡失和伸張或忍讓冤屈的故事與情節的悲劇和憂傷，而是作家在無意識地書寫中，不自覺地顯露和交代的女性在婚姻倫理中的悲慘和傷愁。我們從〈仇大娘〉故事背後的家庭婚姻去考察女性之命運，便發現這部幾乎為中篇或長篇的婚姻倫理小說中，牽涉到女性的婚姻命運是這樣的：

仇大娘——遠嫁他鄉，守寡多年；

邵氏——丈夫仇仲被強盜抓走，自己被丈夫的叔叔暗自賣給一個大戶人家，雖最終生意未成，但一生都在仇家守災守難，苦熬半生；

姜氏——丈夫仇福被魏名誘惑後賭錢喝酒，待家產敗盡後，將其賣給漏網大盜趙閻羅。姜氏不從，自殺未遂後回到娘家守孤抱缺，淒慘悲涼；

蕙娘——丈夫仇祿，遭人誣陷，被判刑流放。流放前仇祿為了她的命運寫了離婚文書，讓她獨自回了娘家抱殘守孤。

仇仲前妻——已死亡。雖無正面書寫，但可以讀出是仇仲先喪妻而續後室邵氏；

仇仲三婚、四婚妻子，雖同樣未曾正面敘述，但寫到仇仲被強盜抓走，替人放馬，後來強盜投誠，他被賣給滿人將軍做家僕，隨守在關外時，仇仲雖為家僕，其間也曾有過兩次婚姻。沉冤昭雪後，他從關外回來，卻未帶回這兩次婚姻中的任何一人。

由此我們揭去這部小說中所有正面詳述的故事外殼——由鄉土恩怨、

仇人相惡所引起的仇仲一家三代的興盛、敗落，再興盛和再敗落，而最終興旺發達、家人團聚，便看到了《聊齋志異》中如〈張城〉、〈江城〉、〈細柳〉、〈喬女〉、〈馬介甫〉等幾乎所有相關家庭故事，哪怕是在鬼、狐情愛的小說裡，故事凡以家庭為圓心，其故事的起落往返無論多麼複雜和跌宕，那故事的河道、流水和橋梁，都是中國式血緣倫理關係的交錯、分合與疊加。換句更為粗疏直接的話，構築《聊齋》近五百個故事的最大框架與筋骨的，是中國式血緣與倫理網，沒有這種家族、家庭的倫理網路在，近五百個故事將坍塌大半。而〈仇大娘〉，則把這家族倫理網路展示得更為複雜和密集，宛若一張鄉村家庭人倫關係的濃縮圖。而在這倫理圖網中，織網拆網的是男性，顯示出文學價值的卻往往是女性。女性在這網路中不斷地挪移、甩出、回歸而顯出了更為豐盈的人的屈辱、尊嚴和人性的光輝與黑暗。

回到〈仇大娘〉的小說上來，我們表面閱讀的是仇家與魏名的恩怨與興衰，而實質讀到的，卻是邵氏、姜氏、蕙娘與仇大娘的命運與起落。尤其姜氏女，自走入仇家後，裡外操持張羅，使仇家由衰敗走向盛旺，而回報她的，是丈夫因賭債累加，將她暗自賣給債主還債，如此她被打被罵，不屈不忍，拔下頭簪刺向自己的喉嚨，最後由父親將其要死的身體重新抬回娘家去。姜氏的命運，坎坷淒傷，令人唏噓，然在小說的後面，待無情、無義、無能的丈夫回歸家庭後，同姐姐仇大娘到姜家懺悔跪拜、求其重返仇家時，姜氏卻對仇大娘有了一悉如此的話：

「向受姊惠綦多，今承尊命，豈復敢有異言？但恐不能保其不再賣也！且恩義已絕，更何顏與黑心無賴子共生活哉？請別營一室，妾往奉事老母，較勝披削足矣。」（我一向受到大姐的許多恩惠，今天既然是您吩咐我回家，我還有什麼可說的？只恐怕不能保證他將來不會再賣我啊！況且，我跟他的情義早已斷絕，還有什麼臉面和這樣一個黑心肝的無賴一起生活呢？請大姐另外收拾一間屋子，我當前往侍奉婆婆，只要比出家當尼姑強一點兒，我也就心滿意足了。）

一個女子，在家庭倫理的網路中，被男人抵債賣去，鞭打辱罵，自殺未遂，最後還甘願回到那個倫理的網織中去侍奉婆婆，且覺得人生只要比尼姑的命運好一點，也就知足知樂了。在此處，作為讀者的我們，感嘆的不是姜氏、蕙娘、邵氏、仇大娘等女性命運的多舛和不測，而是感嘆她們幾乎人人為此守寡守孤之甘願；感嘆的不是〈仇大娘〉中七個家庭血緣倫理網路的錯置和混亂，而是作家不經意間寫出的女性和命運。而由此當我們不把〈仇大娘〉當作明末清初混亂歷史下的一篇家庭破亡故事去讀時，便從中看到了那時候女性在鄉村最惡劣的生態中的生命史詩的悲歌和實照。可謂一篇〈仇大娘〉，乃一部鄉村女性的婚姻紀實之書寫。在《聊齋志異》所有關於家庭與女性的寫作中，再也沒有哪篇小說如〈仇大娘〉一樣，對女性命運的書寫更為慘痛、用力並淋漓盡致了，連仇大娘的守寡和仇仲在關外又兩次婚姻的無意交代，都讓人聯想和感嘆那些女性和家庭的傷災與變故。

·56·

在被傳奇包裹、遮掩的人的生命中，性——是《聊齋志異》從不回避閃躲的一種人活著的生命形式和存在，自人狐戀、人鬼戀，到人與仙異的婚配和相遇，男女之樂、床笫之歡，成為了許多故事的起始或終止。似乎在這數百篇的愛戀小說中，許多時候人物存在的目的就是為了性，為了人世一場中的活著與性愛。性——在《聊齋志異》的寫作中，不僅是肉體之需求，還是鬼狐為人的生命形式與物證。即便到了無關鬼、狐、仙、異到人間的寫作裡，蒲松齡也從不回避人的這一存在形式和需求，如短章〈人妖〉、〈藥僧〉，幾行幾言就讓我們在揶揄、嘲諷中，看到作家面容上的笑意和包容。正是這樣的微笑、包容在，我們才可以看到〈男妾〉、〈韋公子〉、〈黃九郎〉、〈封三娘〉等小說在性——延展至同性愛戀的寫作和筆觸，沿此去理解傳奇下的現實、真實時，我們才可以理解〈恆娘〉、〈孫生〉、〈天宮〉、〈韋公子〉這樣直面人的性生活的寫作和意義。〈韋公子〉和〈天宮〉，前者惡咒了韋公子的淫亂和無度，後者諷刺了權貴富豪家女性劫掠男性為性奴的荒淫和無恥。然在這兩篇小說裡，蒲松齡卻也同時寫出了「人的需求」來。尤其在〈天宮〉小說中，其貌是批判的，而實則寫了女性之需求，只不過這種需求是被傳奇之披風，將人的身體實在遮掩罩蓋了。如此到了〈孫生〉、〈恆娘〉的故事裡，作家看似寫了夫妻在性生活中的冷疏，妻妾爭寵的破碎和得勢，但卻更深層地表現了性——既是人的實在生活的一部分，也是人的深層生命的一部分。性既是被傳奇遮掩的生活的實在，卻也同時是被傳奇展示的，一種更真實的人的存在和需求。哪怕這一需求為同性之需求，也是為人的需求和存在。

第十講

在沒有神的宗教裡

·57·

無論是宗教故事還是宗教詩，神在和神聖是必然的。沒有神，宗教的天空就沒有了光。太陽不在了，在黑暗中談論光是很無稽的事。太陽不在了，神聖就像把糧食種在空氣中。不能想像《山海經》、《荷馬史詩》、《變形記》（奧維德著）和《神曲》中沒有神，如何會有人類文學的根。沒有神的根，今天的歐洲文學、世界文學和中國文學會是什麼樣？從根源生長的角度來說，人類生活中的神，是言說創造的神，亦是創造文學的神。

然而在人類文學史裡邊，神作為「角色」呈現一個退出和內化的過程是不爭的事實。尤其自文藝復興後，人——漸漸地占有了文學的各個座椅和角落，神的角色在步步後退著。至現實主義興隆後，當小說中出現神和神事時，多已不是頌聖的筆觸和腔調，而是含混著愚昧、迷信和批判。如同《祝福》中，祥林嫂為了到地獄之後，不被兩個嫁過的男人爭她的身子、閻羅王不會把她的身子一劈兩半分給那兩個人，就花大價錢到土地廟裡捐門檻，給千人踏、萬人跨，贖了這一世嫁過兩次的罪，免去死後在地獄受懲罰。《紅樓夢》寫太虛幻境是神聖的，敬意虔誠如同讚美詩。然而寫作到了魯迅筆下時，神的的確確已經不在了，即便還在也如同鬼一樣。阿Q到靜修庵，擺開馬步拍拍門，待神的使節老尼姑出來時，只是告訴她一聲，「革命了……你知道……」；到了《長明燈》中的那盞自梁武帝（四六四—五四九）就已燃在廟裡，永不熄的燈，不是熄與不熄的事，是到底人要神還是不要神的事。長明燈的燈光雖然還燃著，但文學卻早已把這種神光熄滅了。

然而真的熄滅了？

不是熄滅而是內化了。神在小說故事中，不再是可以走動、說話的神聖角色了，但它卻存在在人的內心和靈魂裡成為人的精神，如《卡拉馬助夫兄弟們》、《悉達多》、《紅字》、《盧布林的魔術師》、《佩德羅．巴拉莫》、《權力與榮耀》、《沉默》、《深河》等。在這一脈偉大的文學中，指揮、指點人類的神，確實已經不在了，但支撐人的靈魂與精神的神，卻更加有力地存在了。

文學不是沒有了神，而是神從神廟的座臺走下來，走進了人的靈魂和精神中。

不是神在世界文學中不在了，而是神在中國文學中不在了。從魯迅的《長明燈》轉身逆走三百年，去讀《聊齋志異》那五十九篇直接描寫宗教、信仰的小說時，卻可以讓我們讀出許多不一樣的意趣、意味來，如同品嘗一瓶窖藏了三百年的酒，因為不全是陳年老酒的醇香味，反而更覺出了這酒的異樣和貴重。

·58·

無可否認，《聊齋志異》的寫作是有著鮮明宗教影響的，尤其佛教輪迴觀和善惡報應觀。沒有那些輪迴報應觀，我們就讀不到那些鬼返人世的惡故事和美故事，愛情的溢美就只剩家長裡短、大妻小妾的腐朽庸常了。沒有善惡報應觀，我們對藝術的審美就沒有如此悠久、普遍的對大團圓和光明之尾的渴求了。我們道德的善惡意識就可能成為一片荒野、無邊無際的冰冷湖泊。《西遊記》最終取回真經。《三國演義》中想當皇帝的，最終也都稱帝為相了。連《水滸傳》中被逼上梁山的武人們，也都被招安，有了官位和權力。緣此，我常對托爾斯泰說的「安娜要死是她不得不去死」感到懷疑和不安。易卜生沒有讓娜拉死，而是讓娜拉出走離開了家，那麼倘若易卜生來講安娜的故事會是什麼樣？托爾斯泰來講娜拉的故事又會怎麼樣？

作家真的沒有權力掌握他筆下的人物命運嗎？是人物的命運掌握了作家的筆，還是作家沒有能力修正他業已固化的文學認知和文學觀？阿Q在他的死亡書上簽字畫押時，因為不識字而被允許在那紙上畫圓圈，他為最後沒能把那圓圈畫圓而羞愧，我們為他的這種羞愧感嘆，並反覆書寫文章以唏噓。可是如果魯迅在寫作那如痴如醉的一刻裡，他腦子裡出現的不是阿Q要把圓圈畫圓時，手一抖那個圓圈成了瓜子形，而是在圓圈合縫那一瞬，阿Q的手一抖、二抖又三抖，結果那個圓不僅成了瓜子形，而且那個瓜子形的圈裡還有了鼻子有了眼，成了一個「人」的像。那麼我們會對阿

Q臨死前莫名地畫出的這個人像怎樣理解呢？會更為感嘆、更為大篇幅，並反覆地理論研究嗎？何況阿Q的手一抖、二抖抖出一個人像是合乎這部小說風格的，也是合乎阿Q的內在性格的；進一步，這個頭像不僅像個人，而且還像是女人——那麼我們的驚嘆、討論又會怎麼樣？

葛雷高（《變形記》）一夜醒來變成了蟲，全世界的閱讀、研究都為此著迷和興奮，如果卡夫卡沒有讓葛雷高變成甲蟲而在一夜醒來變成了一隻小豬、一條老狗、一塊石頭呢？

作家都想做一個小說細節的調劑師，可結果扮演的角色常常是一個牙牙學語、脾氣暴躁的小孩子，這孩子把組裝不成的積木扔來踢去，弄得滿地凌亂、橫七豎八，而又五顏六色。在這兒新的問題出現了——這五顏六色、七橫八豎的一地凌亂積木，它在有意無意間，又成了另外一件藝術品。而且可能是更好、更有意味的現代藝術品。通常情況下，對於注重故事的小說，許多時候我是帶著拆散重組的目光去讀的。我經常是一個閱讀破壞者。因此我對賈寶玉和林黛玉沒有結婚感到欣慰和長舒一口氣；而為如來沒有和菩薩成為一對夫妻感到失落、內疚，對民間創造懷有遺憾而不安。懷著這樣的心理去認識《聊齋志異》的寫作時，會發現大凡被我們今天稱道的篇章不僅多是與宗教意識相關的，而且是我們認同的天道輪迴、好有好報。王六郎（〈王六郎〉）本來可以抓到那個婦人替自己死，使自己返生回到人間來，可他看到婦人的嬰兒在岸上「揚手擲足而啼」後，緣此有了惻隱心，沒有讓那婦人去做替死鬼，但他的惻隱之心被上天看到了，最後不僅很快讓他脫離了鬼世界，還讓他成為了招遠縣鄔鎮的土地神。孔生（〈嬌娜〉）在故事的最後不僅得到了美妻阿松和兒子，還得到了嬌娜純淨如露的愛。青鳳（〈青鳳〉）在命運的起伏跌宕後，終於獲得了她的至尊和至愛，使全家最終相聚大團圓。〈畫皮〉中的鬼，惡而善欺騙，是「人」的最可怕的對立面，然最後，「嫗僕，人皮劃然而脫，化為厲鬼，臥嗥如豬。道士以木劍梟其首，身變作濃煙，匝地作堆。道士出一葫蘆，拔其塞，置煙中，飀飀然如口吸氣，瞬息煙盡。」（老太太跌倒了，人皮嘩的一聲裂開脫落在地上，現出了惡鬼的原形，它臥在地上像豬一樣嚎叫著。道士用木劍砍下惡鬼的頭，它的身子又變成一股濃煙，環繞在地上聚成了一堆。道士拿出一個葫蘆，拔去塞子，然後放在煙堆當中，只聽得「嗖嗖」直響，像是有人用口吸氣似的，轉眼之間煙就被葫蘆吸得乾乾淨淨。）而且王生的妻子陳氏，因對王生夫妻情深，竟然也因這份夫妻情，使死去的王生得以死後而復生。善得善如春得綠，美得美如夏得花，而惡有惡報如厲鬼終要化為一縷青煙樣。在如此的故事軌道上，人物雖命運多舛，但結果多是書生苦難之後得仙人、金榜落第之後終題名，官爵和財富都在未來的哪兒等著書生們。這樣甯采臣（〈聶小倩〉）不僅最後考上了進士，而且還和美鬼聶小倩婚得一子，納妾後又有三子續後，且三子又最終都實現了人生理想——讀書為官。在〈蓮香〉、〈胡氏〉、〈連瑣〉、〈梅女〉、〈錦瑟〉、〈白於玉〉等太多太多的篇章裡，輪迴的美好與先失而後得，先落而後升，先敗而後成，越是苦難越終好，故事千變萬化，但不離其宗的是輪迴與報應。由此可以毫無疑慮地說，是佛道兩家規化了聊齋故事的走向和結尾，蒲松齡只是依著佛意把這規化一步一步地畫將出來就行了。

然真是這樣嗎？

好像是這樣，宗教意識像春夏秋冬無可更改的季節和時間，即便其中有日月的不同和早晚之變化，而四季的規律卻是亙古至今沒有變化過。

然而，四季的規律真的沒有變化過？沒有變化為什麼蒲松齡會在〈嬌娜〉中寫到南方紛紛揚揚下大雪，僮僕進屋生一爐炭火像北方人在雪天烤火樣？為什麼關漢卿會在《竇娥冤》中信誓旦旦寫到六月雪？而〈夏雪〉會寫到蘇州七月大雪紛飛呢？如此我們除去那些被宗教意識規化了故事來龍去脈的鬼、狐、仙、異的小說外，去閱讀、考究《聊齋志異》中完全正面書寫宗教信仰的小說——而不只是將宗教與信仰作為小說中的一個情節或故事的轉折與推動，卻發現在近五十篇的正面書寫宗教物事的小說裡，這種輪迴、報應的宗教觀和故事的規向卻不在了，一如我們每天都看到太陽在發光，溫暖照耀著大地上的萬物與生靈，然而當我們有一天，當真接近或登上太陽這顆恆星時，卻感受不到太陽熾烈的熱光存在一樣。這就讓《聊齋志異》的寫作更見機杼了，如同一個老師每天都在規訓學生們的道德和理想，使他有一大批重道德、重理想的好學生，可當我們某一日可以面對老師的言行做派時，卻發現老師的所有作為都和道德沒關係，而且他在獨自相處時，還常常面對「道德」二字「嘿、嘿、嘿」地笑。

·59·

在正面講述宗教信仰的小說故事裡，那些身為宗教人士的道人和僧人，作為文學的人物大體為四種：

一是作為故事擺渡人的僧仙和道人；

二是有異能的人；

三是作為人的僧人與道人；

四是作為將信仰化入靈魂的人。

在《聊齋》的許多篇章內，僧人道人在那些故事裡，占有著故事行進、轉折的主要據點和轉角，如同故事軌道的扳道工，在軌道和列車載貨、拉人的運行裡，是最被我們忽略不計的，如同我們在列車上忽略一個鐵路工人樣，甚至在許多時候裡，作家和讀者，都不需要把他們當做一個「人」或人物來看待——他們只是故事轉折的路標指示牌，是將故事從甲地帶向異地轉角處的一個標誌物。待故事從甲道到了乙道上，人物從甲地空間到了乙空間，這個標誌物和扳道工的任務也就完成了，不再負有文學意義了。此類小說最典型的如〈畫壁〉中的老和尚，〈孫生〉中的老尼姑，〈酒蟲〉中的西域僧，〈賈奉雉〉中的道仙和郎生，乃至〈畫皮〉中戲份更多的兩個法力無邊的癲狂道。

當故事或人物命運的轉折完成了，乃至於如〈畫皮〉和〈賈奉雉〉這樣寫惡鬼禍人和科舉絕境的傑作裡，其中的道士、道仙若不在，故事就完全無法成立和推演。雖不是作為人物的「人」，出現道人、道仙在小說中的角色地位重如故事舞臺的立柱般，是一臺戲不可或缺的道具和過場。

僧道尼作為「道具人物」出現在小說或故事中，〈青娥〉、〈瑞雲〉是兩篇最為典型、模範的寫作了。前者因為一個短篇故事的過分繁複而成全了後者的簡單和簡潔——〈瑞雲〉被視為對純美愛情不懈追求的著名小說，曾經被收入課本、改編為戲曲，汪曾祺曾經重寫這純美的愛情，以歌頌妓女瑞雲與賀生對愛的純正和圓滿的追求。而幫助他們完成這一純美圓滿的和秀才，顯然是有道術、僧技在身的，所以他可以到妓院見了瑞雲，用手指在她的額頭上輕輕一點撥，道一聲「可惜！可惜！」離去後，使瑞雲的額頭顯出黑手印，且那黑印迅速擴大，三朝兩日，黑痣滿臉，讓她從仙人般的美，轉而成為無法見人的醜。而窮困的賀生也才可以因為她的醜，將其贖身回家，正娶為妻。故事到最後，和生見了賀生，也才可以在一盆水中施行法術，劃了幾道，使瑞雲洗臉後黑痣頓消，恢復美貌，而和生則轉眼就消失。

和生當然不是真秀才，他只是幫助瑞雲與賀生完成美婚純愛的僧道或仙人。是作家用來完成志異寫作的過橋和扳道工。如同〈孫生〉中的老尼姑幫助孫生、辛氏挽救了因性冷淡而疏遠的婚姻也就可以收工了，而至於真正的宗教意義在他們是不必承擔的。

他們的責任就是幫助作家來講故事，由作家安排在某些小說中，藉以擺渡人物的命運和故事之轉折。

·60·

然而到了〈種梨〉、〈勞山道士〉、〈丐僧〉、〈單道士〉、〈鞏仙〉、〈死僧〉、〈僧術〉、〈鳥語〉、〈邢子儀〉等小說，這樣的寫作就完全不同了。宗教在小說中不是為了擺渡故事成為路標指示牌，而是為了證明那些信仰者都是異乎尋常的人。他們作為人生活在世俗生活中，在小說的空間裡，不是如鬼在地府、狐在樹洞，仙在高遠的天空或者深山內。

小說從某種角度說，是一種人物空間說。與其說不同的人物是由不同的性格造就的，倒不如說是由不同的空間塑造完成的。即使在同一家庭空間內，兄弟姐妹的性格秉異之差別，也來源於他們在同一空間彼此感受到的空間物形大小的不一樣。一個恐懼父親的大兒子，在那空間會感到壓抑和苦悶；一個總是得到父愛、母愛的小女兒，會覺得那個空間舒緩而寬敞。他們在同一空間中感受到了不同的溫度和冷暖，這個溫度和冷暖，在改變著這個空間的大小和空間的文化與性格，因此這兄妹便在同一空間裡，表現出秉異的情感和個性來。

宗教的物事和精神，是在另一個空間完成的。寺廟、禪坐、吃齋、念佛、功課和節制，凡此種種在宗教空間的修行和神祕，從文化上印證了他們與我們類比是絕然相異的人。如此，當他們到了和我們同一空間內，是帶著他們的空間文化和秉性走來的。他們因此可以有著和我們完全不同的言行和作為，可能有與我們大異其趣的空間文化和性格——如特異功能和第六感覺的神異之差別，而且從空間文化上，我們相信他們是有這樣超異能力的人，就像我們相信有神才有了神。從文學的空間塑造來說，道人有沒有特異的幻術不重要，重要的是他們確是從另一個空間走來的人；僧人有沒有魔幻的法術不重要，重要的是人們相信他們是另外空間裡的人。於是在〈種梨〉的故事中，一個道士可以通過獲得一個吝嗇賣梨者的梨，瞬間在地上挖坑、埋籽、沸水澆灌、種子發芽並迅速長成梨樹而結果。當道士把一樹的梨子摘下分給眾人並最後砍倒梨樹而去時，賣梨人的一車梨子不在了，並且他拉梨的車子也被砍壞了。

如何討論這篇幽默、精妙的小說？翻寫《搜神記》中〈徐光種瓜〉是一件事，而我們怎麼就相信了作為預言家的徐光，向人要了一粒瓜籽，用手杖挖地種下去，一會兒瓜籽發芽牽蔓，開花結果，結出滿地西瓜來是另外一件事。讓這種神奇的道士從三國的東吳徐光那兒走到明清，使一顆梨籽瞬間長成了一棵樹，瞬間又結出一樹碩大、甜美的梨，我們為什麼不去質疑這種故事的可能和邏輯？

這種真實來自於哪？

來自於徐光是可以預言水旱天災的人，是和我們不一樣的人。

來自於道士不和我們生活在同一空間內，和我們不同空間不一樣的人。

空間決定了他們的「異」，讓我們相信他們具有幻術是應該的，正常的。如〈偷桃〉中的父子本是變戲法的人，他們生活在「戲法空間」內，可以把一根繩子拋到空中讓繩子和雲彩接起來，使兒子沿著繩子爬到天宮去，將王母娘娘的仙桃偷到人間來。那兒子到沒到天宮不重要，重要的是有如人頭大的仙桃從空中掉落下來了。人們相信了「戲法的真實」和歡愉。所以，當道士把一樹大梨分給我們時，我們怎麼能不相信有宗教信仰的人，都是與我們常人不同、有異能的人？更何況，這種故事不僅使我們相信——而且證實了我們此前在內心裡懸而未決的懷疑和真實——〈勞山道士〉中的一個小酒壺，壺中的酒永遠倒不完；〈單道士〉的道士袖筒中，不僅可以藏有酒和滿滿一桌菜，而且他還可以來無影去無蹤。而到了〈鞏仙〉後，不僅道人可以隨手隨處取出黃金二百兩，還可以用葛藤使太監懸浮在半空，生而如死，似死還生，且袖筒之大，可以容納房屋樓閣，使尚秀才和情人惠哥，在那袖筒中相會歡愉，以至於在袖筒中生子孕產。更進一步，這神祕的袖筒和衣服，因了孕血而不潔，鞏道人將其脫下後，交由尚秀才，囑託這衣服剪片燒灰，可以治療難產、死胎。秀才遵囑行之，事情果不其然，民間許多生育之難迎刃而解，如神醫降入凡世般。在這一組「道僧異人」的小說中，〈鞏仙〉是最有情節起伏、詼諧恩愛而妙趣橫生的。及至到〈邢子儀〉和〈死僧〉、〈藥僧〉等，這組充滿奇妙、神異的小說，真正值得我們思考的，不是哪一篇比哪一篇寫得好、藝術價值更高些，而是我們為何不追究這種寫作的真假和虛偽。

事實上，對整部的《聊齋志異》，現在的我們提出的問題都是這一個——我們為什麼不去懷疑其真實性。

當我們明白狐鬼人世的不真之真是因為狐有狐的空間，鬼有鬼的空間，而人在人的空間是不能追究（證明）另外一個空間真實的——哪怕那個空間是虛幻的、想像的，緣此我們不會去追究遠離塵囂人世，在寺廟中修行、生活的人，為什麼會有我們所沒有，能我們所不能。說到底，他們都是被神祕宗教養育的人，是和我們不一樣的人，是有著異樣空間的人。蒲松齡在寫這類小說時，他要面對的，不是非人和我們一樣的生活是什麼，而是他們和我們不一樣的生活空間是什麼。文學說到底，不僅是要寫人的共有和相似，而且還要寫你所沒有的，彼此是有差異空間的。一個僧人我行我素，可以當眾剖腹而死去（〈死僧〉）；一個道士可以聽懂鳥的語言與鴨子嘎嘎叫著的聲張與說明（〈鳥語〉）。〈邢子儀〉中的秀才邢子儀，為人直正而得好報，美人、金銀會從天上掉下來，追究這情節的真假無價值，有價值的是追究蒲松齡如何寫參加了白蓮教的楊某，在教會中是怎樣習染受教而成了和我們不一樣的人，可以讓人乘著木鳥而飛上天。所以，當這些僧人、道士、尼姑走過寺廟的不同空間來到我們的凡俗中，他們便成了那類與人不同的人。

我們之所以相信僧道尼的身懷異秉，正是因為他們是來自不同空間的人。之所以他們可以在〈畫皮〉中成為除妖降魔驅鬼者，在〈瑞雲〉中成為故事的擺渡者和故事路線的指示燈，皆緣於他們是和我們有過不同空間的經歷而成了異人的人。

·61·

從故事的擺渡人到異人，這類小說最具知名度的自然是〈畫皮〉、〈瑞雲〉、〈種梨〉等，但回歸到宗教物事、信仰存在和對人的理解上——轉身至文學的根本去，〈畫皮〉和〈瑞雲〉中的異人，並沒有給人留下太多有更深文學意義的根藤價值在，倒是〈道士〉、〈金和尚〉、〈藥僧〉、〈布商〉、〈陳雲棲〉等小說中那些異人，更值得探究和思考。〈道士〉作為無稽的寓言，表面諷刺的是大戶人家子弟韓生與同村食客徐某的好色與無禮，但同時讓我們看到了一個出家道人的貪慾和荒淫。〈藥僧〉諷刺的是濟寧男人對春藥的所求與所繫，但讀完留下的更深疑問是，游方僧人竟可以公然賣春藥。而〈布商〉，則更直接地寫了一個賣布的商人路經山東青竹境內時，偶然走進一座荒廢的寺廟，被寺廟的和尚反覆敲詐的無奈故事。這三篇小說均呈短小、尖銳和批判態，冷笑和嘲弄道人、僧人的貪婪荒淫。及至來到〈金和尚〉，小說的篇幅、技藝的展現、態度的堅決，都在蒲松齡正面書寫的宗教故事裡，呈現出少見的成熟，從藝術到思考，可以有更多的追問和探討的價值。

金和尚，諸城人。父無賴，以數百錢鬻子五蓮山寺。少頑鈍，不能肄清業，牧豬赴市，若傭保。後本師死，稍有遺金，卷懷離寺，作負販去。飲羊、登壟，計最工。數年暴富，買田宅於水坡里，弟子繁有徒，食指日千計，里膏田千百畝。

譯文為：

金和尚是山東諸城人。父親是個無賴，幾百個大錢把他賣到五蓮山寺。金和尚小時頑皮愚鈍，不會誦經念佛，只幹些放豬和上街買東西的雜活，就如同雇工傭人樣。後來他的師傅死了，留下了一點兒錢，他就帶著這些錢離開了五蓮山寺做買賣。這人擅會弄虛作假，投機倒把，最有心計。幾年後發了大財，在水坡里買了房屋土地，有很多徒弟，每天吃飯的有一百多人，圍繞著水坡里的良田有上千畝。

〈金和尚〉的寫作，作家放棄了他最擅長的想像敘述，完全代之以紀實傳記之筆法，讓其對傳奇、想像、浪漫的熱情，轉入了田野紀實般的紀錄，日常、細碎與事實，層層疊砌，步步堆加，在整個《聊齋志異》浪漫、飛翔的清秀寫作裡，如同一篇傳奇人物的正傳，把一個人的頑劣、奸詐、貪婪、市儈、享樂、從最低到最高的欲望，自赤貧至富甲一方過程，寫得淋漓盡致。閱讀〈金和尚〉，如同觀看一次某宗教人物發跡墜落史的連續油畫展。及至他在完成自己奢靡、腐爛的一生後，他的養子金舉人（竟然是舉人），在為養父舉辦的悼念活動裡，「士大夫婦咸華妝來，搴幃弔唁，冠蓋輿馬塞道路。殯日，棚閣雲連，旛幢翳日。」（士大夫的夫人們都穿著盛裝前來弔唁，車馬轎子把道路都堵塞了。出殯那天，高大的靈棚一個接著一個，招魂的靈幡遮住了日光。）金和尚雖為一個出家之人，也貴為金爵宰相，他的一生，可謂奢靡壯闊，生前死後，紙醉金迷。一篇紀實般的〈金和尚〉，宛若無數篇〈道士〉、〈藥僧〉和〈布商〉的集中體現和鋪開。這篇小說給整個《聊齋志異》中近五十篇正面書寫的宗教故事和人物，重筆濃墨地寫下「道士多幻，和尚貪婪」的注腳和證詞，讓人不得不去思考蒲松齡對信仰對象、宗教生活的批判和揶揄。然而被遮蔽和疏忽的問題是，沒有人懷疑《聊齋》有佛教輪迴報應觀。善行善得，惡做惡果，幾乎是《聊齋志異》奉行的全部勸誡和律條，是這部偉大奇書的道德和信仰。為了給這個判斷加以更有說服力的證據，人們還會以蒲松齡的父親蒲槃四十歲後信仰佛教、對少年蒲松齡深有影響來解讀《聊齋志異》中的宗教認知和描寫，且這樣的注釋與解說，數百年來沒有被懷疑和疑問過。

那麼，現在的問題出現了：

一、在《聊齋志異》可分類的各類故事中，狐、鬼、仙、怪、異、巫和生活傳奇，我們都能讀到的佛教輪迴報應，尤其那些名篇和名作，無不有輪迴報應的佛家思想在。然在他正面書寫宗教信仰物事的近五十篇的作品中，卻幾乎沒有輪迴報應的故事在其中。難道是蒲松齡認為這種因果報應的宗教認知，是只對現實生活中的我們有意義，而對把這種宗教信仰觀念傳遞給我們的宗教人士——僧人、道士、尼姑沒有意義嗎？

二、在這一大批正面書寫宗教人物的小說中，除了〈長清僧〉和〈樂仲〉外，蒲松齡面對宗教人物的態度都是幽默、微笑、揶揄、嘲弄和批判的，尤其在他最重要的宗教小說裡，如〈種梨〉、〈道士〉、〈畫皮〉、〈丐僧〉、〈青娥〉、〈布商〉、〈金和尚〉、〈陳雲棲〉和〈邢子儀〉等，他的那種諷刺和批判，鮮明如湖水中的島嶼或閃刺在灰黑中的光。既然一個作家對某一思想、文化是持揶揄、批判態度的——至少也是「一笑」而已的，那麼又何談這種文化、思想、信仰會給他的寫作帶來巨大影響呢？反過來，這一文化、思想既然給他的人生與寫作以極大的精神影響，那他怎麼又會對宗教故事有著批判諷刺態度呢？

三、在這一大批的宗教小說裡，除了〈長清僧〉、〈樂仲〉兩篇外，其餘小說的主人翁，但凡是宗教物事的操持者，都無信仰支撐、無精神聖潔。就是〈長清僧〉與〈樂仲〉，也很難說其中的人物就是人與神的靈魂體——這在其它類別的小說中是相當罕見的。道士以幻術走天下，僧人以貪求為人生，尼姑女道也多與錢財、性色相聯繫。一句話，在蒲松齡正面書寫的宗教故事裡，宗教人士作為塵世凡人是鮮活直立的，而神和神聖在他們是不在、無有的。甚至可以說，在《聊齋志異》的宗教故事裡，是只有宗教生活而沒有宗教之神在的。

·62·

現在我們來看一下更接近神在的兩篇小說〈長清僧〉和〈樂仲〉中的神意和神在是怎麼樣的。前者寫山東長清縣有個八十多歲老和尚，道行高深，身體健康，忽一日摔倒而亡，魂魄來到河南我的家鄉。我家鄉有一官紳公子，三十幾歲，富貴榮華，在一次狩獵中從馬上摔下，不省人事。這時剛好老和尚的魂魄飄到這兒，借助公子的屍體再生醒來。如此這個又活過來的富貴公子，其肉體是河南三十幾歲富貴公子的，但靈魂是山東八十幾歲長清和尚的。三十幾歲肉體的周圍妻妾成群，魚肉橫飛，而八十幾歲的靈魂卻要清淨神聖、樸素端莊，和塵世生活瓜葛不連、纖塵不染。如此矛盾了一些日子，那顆老靈魂帶著年輕健壯的肉體從河南我的老家又回到山東長清縣的寺廟裡。如此這般，有去有返，靈魂戰勝了肉體，擺脫了世俗中的金銀綢緞、男男女女，又過上了清淨素潔的寺廟生活。而後者〈樂仲〉，在蒲松齡所有寫世俗生活和世俗男女的故事裡，因為宗教對人的影響，使他的人物最充滿聖潔理想、卻又是最為無趣、失敗的一篇。小說寫西安青年樂仲，其父親死得早，自己是遺腹子，母親篤信佛教，而他又是二十四孝中最孝的人。後來母親生病在彌留之際，犯糊塗時想吃肉，樂仲一時找不到肉，就用刀在自己大腿上割了兩塊煮給母親吃。母親後來病輕，知道自己破戒吃了肉，緣此絕食而亡。而樂仲想到母親的死亡，頓時悲憤交加，一把火焚燒了母親供奉的佛像，從此經常以酒買醉，借酒澆愁，後來二十幾歲娶了妻子，同房三天，覺得男女之樂，是人世間的髒中之髒，也就休了妻子，獨自生活，好善樂施，任意把家中的財產送人贈友。而在徹底潦倒之後，有次生病，重病中看到母親回來看望他，問母親從哪裡來，母親說我從南海來——即觀世音菩薩居住的浙江舟山群島的普陀山。待母親走了後，兒子的病即刻痊癒。於是兒子樂仲決定要到南海去朝拜還願，一路上他吃肉喝酒，葷腥不戒，行至福建——怎麼就到了福建，宴席上結識了名妓瓊華，他人躲之不及，而樂仲卻與妓女瓊華同吃同行，但沒有私情發生。到了舟山——是從福建又到了舟山，大家看他和妓女相好，都不願同他共同燃香拜佛，所以他同妓女瓊華，就等別人拜完離開之後，才去跪拜南無阿彌陀佛。結果樂仲和瓊華剛剛跪下，整個海面上蓮花盛開。妓女瓊華看見了蓮花中的菩薩，浪子樂仲，看見了蓮花中的母親。由此蒲松齡用故事向我們講了一條宗教的教條來——聖潔不在你的行為做什麼，而在你心中想什麼。

神不在人的庸常的生活裡，而在人的內心裡。

在所有有關宗教和神的寫作中，〈樂仲〉是蒲松齡最為充滿聖光理想的一部作品，但從故事到人物，也是最為空洞的一次努力。無論是作為現實生活中樂仲的行為與人生，還是作為浪漫想像的南海蓮花和作為散花天女的瓊華，因為動了凡念而被從天上貶到人間三十年，為人妓、為人妻的超然不染和與仲樂的夫妻生死，都在用濃墨重彩寫著一句世代常人最常說的一句話——

人的心裡聖潔了，神就到來了。

小說〈樂仲〉的成敗不在其說教與理想，而在作為人的樂仲不再是人，而成為了神。母親想吃肉他就割了自己腿上的肉；結婚三天覺得男女床第之事的髒，就休了妻子把妻子趕回了家——請注意，這三天婚姻他是和妻子有著兩性關係的，因為故事的末段，樂仲還在旅店偶然和自己的兒子團聚了。把妻子趕走後，他好善樂施，日夜醉酒，去朝拜的路上結識了妓女瓊華，彼此以夫妻的名譽同吃同行，卻毫無兒女私情，就是朝拜之後，樂仲回到家鄉，瓊華又追了過來，二人真的成了夫妻，也沒有床歡人樂，所以當瓊華給樂仲按摩身子時，看到的不是自己的丈夫樂仲——一個男人，而是樂仲大腿上當年割肉侍母的傷疤，竟然變成了聖潔的蓮花。

由此我們可以看到蒲松齡在樂仲身上寄寓了多麼高尚的理想和願念。他在〈樂仲〉這篇小說中，不是要寫、要塑造作為一個人的樂仲，而是要書寫一個叫樂仲的神和一個已經是神的人。在這兒，我們如果把樂仲這個人物和丁梅斯代爾、[1]雅夏、[2]《權力與榮耀》[3]中的神父，《沉默》[4]中的傳教士和吉次郎，《佩德羅．巴拉莫》中的神父雷第利亞比較是毫無意義的，因為這些人物在文學作品中的出現，比《聊齋志異》晚了三百年。但由此倒讓我們想到，〈金和尚〉和〈陳雲棲〉這些古典小說與十九、二十世紀宗教經典小說中關於人與神、人的神和神的人的相似。

倘若可以從人與神的關係去理解〈樂仲〉寫作的成敗得失，回到文學的立場上，〈長清僧〉倒是比〈樂仲〉來得更為圓潤和流暢。因為在這個宗教故事裡，作家巧妙地假借了人與鬼的轉換和魂靈返生的神祕文化，而使人物長清老和尚，脫離了世俗生活的真假，將讀者從生活真實轉移到了精神真實上。而〈樂仲〉，卻是把精神信仰建立在了實實在在的「生活真實」上，使得樂仲一出場，割腿煮肉和婚後三日即休妻這樣的情節，讓如

1 為霍桑《紅字》小說中的男主人翁。
2 為辛格《盧布林的魔術師》的主人翁。
3 英國作家格雷厄姆．格林的宗教小說代表作。
4 日本作家遠藤周作宗教小說的代表作。

神一樣聖潔的人物形象，一下就在現實生活中轟然坍塌了。真實不在了。一如春天不在了，作家偏要去寫柳綠楊翠、桃紅杏白樣。

‧63‧

如果說《聊齋志異》寫神的樂仲是失敗的，那麼他寫從事信仰職業中的道士（〈種梨〉、〈道士〉）、僧人（〈藥僧〉）、和尚（〈布商〉）和白蓮教信徒（〈邢子儀〉），無疑是相對成功的。毫不誇張地說，當蒲松齡的筆觸從想像的雲端回到人的土地上，孤鬼妖異或植物，都會在瞬間獲得人的呼吸和生命。幾乎所有的讀者和研究者，都共識蒲松齡是中國古典文學中書寫妖異的聖手大家，而實質上是基於他是寫人、現實和世俗生活的大家和聖手。他能讓所有非人和動物及植物，乃至沒有生命的石頭（〈清石虛〉），都獲得世俗庸常的生死和情感。在中國古典文學中，沒有哪個作家在平民世俗中的耕耘，比蒲松齡來得更為豐饒和豔異。回到關於宗教信仰的寫作上，當蒲松齡越過宗教信仰的操持者——作為故事的擺渡人和異人，純粹地把他們當做普通人——而非如樂仲一樣被賦予聖潔願念理想的人，〈陳雲棲〉無異是最具有文學光彩和人的愛願與浪漫的，故事與〈天宮〉情節雙行而同道，都是一群女性在寂寥中與一少年的糾纏和愛情，但〈天宮〉來得直切並赤裸，直奔兩性的肉體與愛；而〈陳雲棲〉，則寫的是仙道人間。在白雲深處的呂相庵，有四位女道士，分別是白雲深、盛雲眠、梁雲棟和陳雲棲。少年真毓生得知呂相庵有「四雲」美女時，激情踏雲而來，從而發生了四美愛一生的故事。小說中人物鮮活質樸，情節飄逸而輕靈，滿含著人的情感，最後曲曲折折、命運各異，四雲飄零，陳雲棲、盛雲眠最終都嫁給了公子真毓生——人生得滿大團圓。因為「四雲」女子皆為出家人，與真毓生有了那樣的纏綿之愛，就與〈天宮〉中的官貴婦人與郭生的性愛有所不同了。這種不同不是女道姑的情感與婦人們的赤裸性愛之不同，而是「出家人」對人之本慾的擁有和追求，被蒲松齡寫出了美。

由〈陳雲棲〉回望這近五十篇有關宗教人物的寫作中〈金和尚〉、

〈邢子儀〉、〈布商〉、〈藥僧〉和〈種梨〉等，即便作家在〈長清僧〉和〈樂仲〉中給我們描繪、講述了高尚與聖潔，我們仍然可以依據文學價值的大小得失做出結論，蒲松齡那些成功的宗教小說，恰恰是在那些神和神聖不在的寫作裡，而不是神聖和神在的作品裡。由此回轉至他在狐人戀、人鬼戀及其它志怪異作中，凡有輪迴報應的小說和故事，我們一方面可以說，是有宗教因素的，另外一方面，也可以說在他成功的小說裡，是沒有神在而只有人在的。那些小說即便有著佛教思想的輪迴報應觀，這種輪迴觀影響的也是《聊齋志異》中的「故事」而非「人」。甚至可以說，影響那些故事的，並非是宗教的思想與精神，而是那個時代的生活本身。

明清時，輪迴報應不僅是宗教觀念，也是無處不在的民間文化與日常，是民間生活最內在的存在倫理，如空氣中的霧霾和三月天的柳絮飄飛般，你只要行走在這隅天空下，就必須呼吸霧霾和面對柳絮之飄風。所以，蒲松齡的故事和人物，是被生活的經驗決定，而不一定是宗教的思想。從生活的本身去理解蒲松齡的宗教故事之寫作，我們才可以理順他在這一大批宗教小說裡，為什麼只寫人在而無神在的，為什麼只有活著與愛而沒有信仰和精神在人的血液裡。甚至是那些日日以信仰為業的人，他們也只是日常的人而非神的兒女們。

一句話——在《聊齋志異》的寫作中，神異無處不在，而真正被蒲松齡信仰的，不是神與神異而是人——是人的庸常、浪漫和愛。

第十一講

時間、空間與夢境

·64·

就字義而言，「聊齋」二字提供的不僅是一個「聊天的書齋」和「故事的樣貌」，而且還是敘述的時間和空間——是一種敘述的真實性佐證。故事可以是「虛假」的，但「那人確實是這樣講的」，或「在那人身上千真萬確地發生了」。

二十年前，有洛陽的記者朋友告訴我，洛陽出現了一道奇觀：夏日的黃昏，天空中的白雲成了金黃色，且這些雲彩慢慢顯出宮廷出行的隊伍狀，浩浩湯湯，整齊有序，有轎子、有轎夫、有馬車、有馭夫，還有宮女和隨行的公公、大臣們。隊伍拉長有數百米，起於洛陽邙山嶺，前去西安或咸陽方向。那時候，全城人都抬頭觀望著，第二天的《洛陽晚報》還特意對這一奇觀做了報導和證實。媒體的科學解釋是，這奇觀源於落日和黃河水的角度折射所形成。但民間相信的，是「生於蘇杭，葬於北邙」——洛陽以北邙山葬有千帝萬侯，而奇觀所去的方向又是西京西安城。那兒是武則天的正都，而洛陽是陪都。

多麼「聊齋」的一個現代故事啊！

親眼所見和媒體之報導，完成了這則《聊齋》故事「真實性」的敘述和佐證。由此去看《聊齋志異》中大量篇章在開頭或結尾的「紀實性敘述」，就不僅是一種文學策略，而且是一種虛構的真實佐證了。故事的時間、空間在真實和非真實之間的跳躍和轉移，一如一場虛無縹緲、令人懷疑的電影故事結束後，我們在末尾（或開頭）看到的老爺爺向孩子們講述故事的小屋和爐火場景，溫馨而美麗，既打消了我們對故事的真實性疑惑，也無限增強了文學與故事的丰韻。

在故事的敘述過程中，每一次時間的變更，並不意味著空間的變化。但每一個空間的變化，卻往往預示著時間的不同和別樣。當評論家和作家在嘗試、追究時間與空間對文學的牽引、左右時，我們其實是渴望寫作由空間之變帶來時間之變，如人墜入一個黑洞讓時間消失一樣。就文學和審美言，不是因為黑洞裡的時間不在才產生了黑洞和模糊，而是從光明瞬間墜入黑洞的空間變化後，時間才從感受和審美中消失、扭曲、變化了。

· 65 ·

蒲松齡當然不是時間和空間的上帝，可以在幾百年前就洞明和左右故事中的時間與空間，而是他為了敘述之便利，自由地使用了時間、空間的跳躍與轉移，從而啟示了今天的我們，在故事中，空間變化的意義和對敘述的幫助是什麼。

予姊丈之祖，宋公諱燾，邑廩生。一日，病臥，見吏人持牒，牽白顛馬來，云：「請赴試。」公言：「文宗未臨，何遽得考？」

我姐夫的祖父宋燾，是縣裡的秀才。有一天，他生病躺在床上，忽然看見一個官差拿著官府的文書，牽著一匹白額大馬走過來，說：「請先生去參加考試。」宋先生問：「主考的學政老爺還沒來，怎麼能突然舉行考試呢？」官差並不回答，只是一再催他起程。如此，宋先生只好支撐著病體，騎上馬跟那人去了，覺得所走的道路十分陌生。這樣走了一程，他們來到一個城市，像是帝王居住的地方。一會兒，他們進了一座官府，但見宮殿十分巍峨壯麗……在這兒，我們讀到的是一種「千真萬確」——是我姐夫的祖父宋熹，因病躺在床上的「恍惚」所見——「恍惚」是聊齋最重要的敘述方式。它通過人的恍惚帶來的敘述變化，變的首先不僅是故事，而是空間之轉移。故事的空間從最真實的「我姐夫的祖父家」，轉移到了「像帝王居住的城市」和這個城市裡的「巍峨壯觀的官府宮殿」。當小說在敘述中寫出了真實、可信的空間和狀態——宋熹家和病床上的恍惚，那麼其後的看見：無論大堂上坐的十幾個宋先生認識不認識的官員給他出怎樣的考題，答怎樣的卷子，爵封死後怎樣的官位，再或生前死後的應驗和準確，其實都已經沒有那麼重要了。哪怕故事再離奇、荒誕和失真，都已經讓讀者失去了對「真實」追究的理由和依據。因為——

故事的空間從甲地轉移到了乙地去，讀者失去了用甲地的尺度衡量乙地真實長短的條件和可能。這就是小說中空間變化帶來的「不真之真」之法則，即用空間之不同，收去讀者對真實考量的卷尺，使你無法再用原有的真實標準，去衡量新故事的真實性和可信度。然而這時候，原有空間中

「百分百的真實」敘述卻還存留在你閱讀的記憶裡，如「予姊丈之祖，宋公諱燾，邑廩生。一日，病臥，見吏人持牒，牽白顛馬來，云：『請赴試』」。在一個百分百真實的空間、時間裡，真實的敘述記憶延續著，而這時的空間甲卻成了空間乙，比如〈考城隍〉。〈考城隍〉在所有的《聊齋志異》版本編排中，都毫無異差地被放入首篇之位置。因為它通過賞善罰淫的道德尺度，為一整部小說開鑿了故事倫理的管道與流向，而且還通過「有心為善，雖善不賞；無心為惡，雖惡不罰」的價值觀，為所有作品中的人物標誌了美學上的用心，顯示了作家對人物善惡、審美的包容與理解。然被我們所有人至今疏忽的，卻是這篇小說無意間為蒲松齡整個寫作的敘述，所開啟的寫作方法論——從紀實轉入虛構；從真實的空間轉入虛擬空間；從可證實的故事邏輯進入無法證實的故事邏輯和無序不在的時間內。由此，在這個可自由馳騁、想像的新時空裡，鬼、狐、植物、動物、蟲豸都在之後的寫作中，輕易獲得了人的生活和生命，在文學中獲得了不存在的真實和無法證實的真實。始於〈考城隍〉，真正屬於蒲松齡寫作的偉大門扉開始了。它浩浩湯湯、蔚為壯觀，接下來在太多、太多的篇章中，我們看到了蒲松齡在敘事學上的方法論，看到了他是如此自由、隨性地在文學中創造新空間，並用這種空間的自由和創造，推動著故事與人物行為的想像、伸縮和進展。

事實上，《聊齋志異》是一部文學新空間的建造指南和被濃縮了的空間博物館。恍惚、夢境、月夜、孤寂、癔症、墳墓、棺材、靈棚、寺廟、道觀、山洞和遠至天邊無人處的白雲之下和水岸海邊，都是他通往另一個文學空間——乙地與異地的門扉和通道。而在甲地——真實這一邊，我們恰恰可以看到他在〈考城隍〉的門前給我們留下的開門的鑰匙和鎖眼。

而在小說的〈念秧〉開頭一段交代議論後：

> 余鄉王子巽者，邑諸生。有族先生在都為旗籍太史，將往探訊。治裝北上，出濟南，行數里，有一人跨黑衛，馳與同行。（我的同鄉王子巽，是縣裡的秀才。他有位本家前輩在京城是位旗籍的翰林院官員，於是準備去探望。他打點好行裝後開始北上，從濟南出去，走了幾里路，遇上一個騎著黑色驢子的人，追上來和他同行。）

相繼而來的小說〈蛙曲〉的開頭是：

王子巽言：在都時，曾見一人作劇於市。

跟著〈蛙曲〉的小說〈鼠戲〉的開頭是：

（王子巽）又言：一人在長安市上賣鼠戲。

在這三篇小說中，討論故事的真實性是沒有意義的。有意義是，作家如何利用「紀實」把讀者帶入虛構和無法證實的故事之空間。由此我們讀到了〈狐夢〉、〈上仙〉、〈侯靜山〉、〈絳妃〉等的開篇和〈吳門畫工〉及〈青城婦〉等的收尾，均是以實在之門進入虛幻空間的轉換，或自虛擬空間退回真實存在的轉移，自由如開門回家或出門掩扉之敘述，讓我們一次次地看到了任何兩個空間的距離都是一道門扉和門檻，且一目了然地讓讀者看到門扉的鑰匙在那兒，而那鑰匙的旋轉方向和密碼是怎樣的。在小說〈狐夢〉中，由「余友畢怡庵」，轉身進入虛擬的狐狸世界（空間）時，穿過了一道〈青鳳傳〉的美女狐狸的愛情門。〈上仙〉中，作者和幾個好友進入狐狸空間，穿過了病和醫病的迷惑區和治癒區。而〈絳妃〉，則完全是作者本人通過夢境進入了一個花仙世界的異空間，為絳妃也為我們與《紅樓夢》，留下了一篇豔麗的華章與絕唱。

·66·

夢是《聊齋志異》走入異世界（空間）最重要、最可感、讀者最能觸摸到的一扇門。而這扇門構造的物形可分為淺夢、深夢和未來之夢門。

以小說〈捉狐〉為例：「孫翁者，余姻家清服之伯父也，素有膽。一日，晝臥，彷彿有物登床，遂覺身搖搖如駕雲霧。」（有位孫姓的老翁，是我的親家清服的伯父，此人向來有膽。有一天，他白天躺在床上休息，突然感到好像有個什麼東西爬上了床，於是覺得身體搖搖晃晃地像是騰雲駕霧般。）之後的敘述，是狐狸的到來和狐狸又逃走的精細描述。小說甚微，但這個滿含著空間轉移的小說從真實到夢幻、從夢幻轉入對狐狸的敘述為寫作開闢了一條讓人不存生疑的道路。人物是「我親家的朋友」——多麼真實！狐狸的出現是人物一日躺在床上睡覺後。雖然作家沒有說人物「睡熟在夢中」，但小說寫到人物「覺得身子搖搖晃晃像騰雲駕霧樣」。倘若不是睡熟也是正在入睡的朦朧中，不是這種夢狀態，人又何至會因為一個如貓的狐狸趴到床上，身子就搖搖晃晃如騰雲駕霧般。

如果〈捉狐〉對整部小說的夢故事和夢空間說明得還不夠清晰和準確，那麼我們來讀〈小官人〉、〈小獵犬〉和名篇〈連瑣〉等。在〈小官人〉的小說中，開篇即寫道：「太史某公，忘其姓氏。晝臥齋中，忽有小鹵簿，出自堂陬。馬大如蛙，人細於指。」（某某翰林，忘記他的姓名了。白天在書房中躺著，忽然發現有儀仗從堂屋角上出來。只見馬像青蛙那麼大，人比手指還細。）這樣的忽然發現，寫的正是我們人人都可有的入睡前朦朧狀態的恍惚感。是淺夢中的恍惚，讓某公看見了從牆角出來的馬如蛙、人如指的儀仗隊。「王聖俞南遊，泊舟江心。既寢，視月明如練，未能寢，使童僕為之按摩。忽聞舟頂如小兒行，踏蘆葦席作響，遠自舟尾來，漸近艙戶。」（王聖俞到南方遊覽，把船停泊在江心。這天晚上上船後，見月光皎潔如練，不能入睡，便讓童僕給他按摩。忽然，他聽見船頂好像有小孩子行走，把船篷頂上的蘆席踩得「嗶嗶」作響，響聲從船尾過來，漸漸接近艙門。）這段出自〈江中〉的描述，彷彿是〈小官人〉、〈小獵犬〉的姊妹篇，如出一轍的恍惚，再次讓我們讀到了蒲松齡故事中的淺夢——在恍惚裡，所看到的人和事，所發生的故事和怪異。恍惚在這些小說中，不光是人物看見異物怪事的眼和鏡，而且是諸多因恍惚而帶來的異物、異事和異人之過程，構成了蒲松齡的「淺夢敘述」，幫助作家完成了故事從現實到超現實、轉移和轉化，為一個非真實的新故事空間修築了「可信」的路道，從而一個嶄新的異域空間也就打開了。一切的虛擬、想像也就有了它的合法性與合理性。〈道士〉中道人喝了酒後的恍惚和醉態；〈辛十四娘〉中廣平縣的馮生，年輕時行為輕佻，縱酒無度。「薄暮醉歸，道側故有蘭若，久蕪廢，有女子自內出，則向麗人也。忽見生來，即轉身入。陰念：麗者何得在禪院中？」（一天的薄暮時分，馮生醉酒回家，路旁原來有一座荒廢已久的寺院，有一位女子從中走出，卻是先前遇到的那位麗人。她忽然看見馮生前來，立即轉身進了寺院。馮生暗想，這位麗人怎麼住在寺院裡？）小說故事跌宕起伏，男女人物鮮明活躍，尤其狐女辛十四娘的人物形象，幾乎集女性賢美於一身。然而這個動人的愛情故事，卻如同〈道士〉中的道人樣，都仰仗於人物馮生醉酒時的恍惚和朦朧，才得以看見和發生。

在蒲松齡的寫作中，「恍惚」在人物是一種狀態，而在敘述卻是一種獨特的方法，是文學最內在的精神和講述。他不少於百篇小說中出現的夢，即是故事之方法，也是故事之本身。〈考弊司〉是《聊齋》中幽冥小說的經典和代表，而完成這一經典最重要的路途和方法，是「聞人生，河南人。抱病經日，見一秀才入，伏謁床下，謙抑盡禮。已而請生少步，把臂長語，刺刺且行，數里外猶不言別。」（聞人生，河南人。他病了整整一天，見一個秀才走進來，在床下伏地拜見，謙卑恭敬，禮數周全。隨後他請聞生出去走走，拉著聞生的手臂長談，邊走邊說個沒完沒了，走出幾里之外還不告別。）〈王子安〉是《聊齋志異》中讀來最為讓人痛心可笑，又笑中含淚的短篇傑作。〈王子安〉中使得故事與人物立體、深刻的內在邏輯是醉和睡，如同〈考弊司〉中「在床上整整病了一天」的恍惚樣，「入闈後，期望甚切。近放榜時，痛飲大醉，歸臥內室。」因為這種醉和睡，王子安有了半夢半醒的恍惚和朦朧，從而才聽到、看見了範進中舉般的報喜人和連連升級的報捷人，演繹出了荒唐可笑、令人落淚的諷刺和悲傷。沒有這些淺夢和朦朧之恍惚，這些小說的故事門扉就不在了，那道使讀者、更使作者信服的真實通道消失了，從一個空間進入另一個空間的門窗關閉了，那麼這些仰仗夢和恍惚所產生的故事土壤，也就被風吹散去了。

·67·

如果把借助夢狀的恍惚、朦朧將故事轉移到另外一個空間去，視為淺夢寫作的話，那麼讓故事就在夢之中，或夢的本身就是故事的夢，可為寫作的深夢了。深夢不轉移故事到另外的地方和環境，深夢靠夢來容納和完成故事並深度參與至故事的內部去。

一句話，深夢本身就是故事的土地和空間。故事始終在夢中。故事離開夢就消失。故事只是靠夢和夢一樣的恍惚才可看見（產生）的寫作為淺夢之寫作。這種淺夢寫作如我們不斷談到的〈捉狐〉、〈小官人〉、〈小獵犬〉、〈江中〉、〈辛十四娘〉和〈王子安〉。然而到了〈咬鬼〉、〈四十千〉、〈鳳陽人士〉、〈夢別〉、〈續黃粱〉、〈頭滾〉、〈金永年〉、〈蓮花公主〉、〈絳妃〉、〈杜翁〉、〈金姑夫〉和〈夢娘〉等。夢——如同博物館的建築和日常物雜的倉庫般，或有序、或凌亂，它那可無限伸縮的空間成了故事騰挪、展開的全部舞臺和場地。一個作家的想像能力，借助這個可以無限大的空間獲得了隨心所欲的施展和揮撒。而一旦離開了這個夢空間，現實的時間會如繩索一樣束縛作家的想像和故事的邏輯與可能。如〈夢別〉、〈續黃粱〉、〈杜翁〉、〈金姑夫〉，當故事從夢中走出來，故事也就戛然終止了。而到了〈四十千〉、〈田七郎〉、

〈吳門畫工〉、和〈王桂庵〉，這種深夢寫作則更為自由與奇特。小說不僅靠夢和夢中的相遇、情節、細節來推動，且人物還可以從夢中走出來，依靠醒來的記憶到現實中參與人物和故事，使得寫作可以自由地在兩個空間穿梭和運行。畫師（〈吳門畫工〉）和田七郎（〈田七郎〉），是因為夢中的執著和夢中的箴言贈語，而開始在現實中演化、推進他們的行為，而演繹故事的。〈續黃粱〉和〈王桂庵〉，是從現實入夢，而又從夢中退將出來回到現實的。尤其〈王桂庵〉，故事幾乎全部發生在現實生活的空間中，而當故事到了絕處無可推進時，人物王桂庵——

夢至江村，過數門，見一家柴扉南向，門內疏竹為籬。意是亭園，徑入。有夜合一株，紅絲滿樹。隱念：詩中「門前一樹馬纓花」，此其是矣。過數武，葦笆光潔。又入之，見北舍三楹，雙扉闔焉。南有小舍，紅蕉蔽窗。探身一窺，則椸架當門，罥畫裙其上，知為女子閨闥，愕然卻退。而內亦覺之，有奔出瞰客者，粉黛微呈，則舟中人也。喜出非望，曰：「亦有相逢之期乎！」方將狎就，女父適歸，倏然驚覺，始知是夢。

譯文為：

一個晚上，他做夢來到江邊的一個村子，走過幾道門，看見一戶人家，柴門朝南開，門裡用稀疏的竹子做籬笆。他想這是一座亭園，就徑直走了進去。到園中一看，有一棵合歡樹，滿樹開的都是紅花。他暗自思忖：古詩提到的「門前一樹馬纓花」，就是眼前的景象。又走了幾步，一道用蘆葦編成的籬笆很是光潔。過了這道籬笆，只見有三座北房，兩扇門都關著。南邊有一間小屋子，開著紅花的美人蕉擋著窗戶。王桂庵探身往裡一看，發現門口有個衣架，上面掛著一條花裙子，知道這是女子的閨房，驚慌地要往後退。但裡面的人已經發覺了，有人跑出來看是什麼客人，微微地露出臉來，原來就是船上的那位姑娘。王桂庵喜出望外，說：「我們也有相逢的日子啊！」他剛要上前和姑娘親熱，姑娘的父親正好回來，把他一下子驚醒過來，這才知道是一場夢。

在蒲松齡所寫的上百夢境中，王桂庵的這場夢，溫馨、細膩、詩意而又有著烏托邦的美願。在整個〈王桂庵〉的日常空間內，這個夢彷彿一粒明珠鑲嵌在充滿世俗煙火的人生棚架上。如果人生一夢也就夢醒而休已，可在〈王桂庵〉的寫作中，卻是王桂庵在夢醒一年後，他再次來到南方鎮江城，到城南一個世交家裡去喝酒，因走錯路而誤入一個村子，道路景象，都如同在哪見過樣：

> 一門內，馬纓一樹，夢境宛然。駭極，投鞭而入，種種物色，與夢無別。再入，則房舍一如其數。夢既驗，不復疑慮，直趨南舍，舟中人果在其中。

譯文為：

> 一道門內，有一棵馬纓花樹，和他夢中的景色一模一樣。他驚駭極了，跳下馬就進了院子，眼前的種種物景和夢裡見到的沒有什麼區別。再往裡面走，只見房間的數目也和夢中見到的一樣。夢既然得到

應驗，王桂庵也就不再疑慮，直奔南面的那間小屋子，船上的姑娘果然在裡面。

就小說〈王桂庵〉的故事而言，並無多少新意和詩意，一見鍾情、念念不忘，而有情人一跌三宕也終成眷屬與恩愛。然而，讓夢境插入故事並使人生的故事沿著夢中桃花源般的意趣展開和應對，這就一下子使這個故事的世俗性獲得了桃花源的由頭和詩意，讓滿棚煙火中的那一抹珠光，照亮了所有的炊煙繚繞，使小說獲得了一種仙味和意境。小說中的夢和夢中的小說，在〈王桂庵〉的內容和方法上，統一到水乳交融，讓審美在夢與故事的糾纏沙盤裡，收穫了更有效的注目和條理，從而讓夢作為方法在寫作中更為妙奇和豐饒，成為了內容和文學之本身，使得寫作不僅可以讓故事被套置在有無限容量的夢的空間內，也可以使夢的空間套置在現實的空間和時間裡，從而讓有限的現實時間和空間，擴展至超越現實的邊界和時間，甚或是無邊界和無時間。

·68·

討論夢與寫作最不能忘記的是唐小說白行簡的《三夢記》。

儘管在《搜神記》中有關夢的預兆、應驗的小說如〈孔子夜夢〉、〈和熹鄧皇后夢〉、〈孫堅夫人夢〉、〈蔡茂夢〉、〈周擥嘖夢〉等已有十餘篇，多為夢兆、夢驗之寫作。其中的〈謝郭同夢〉，已經有了《三夢記》第一夢劉幽求與妻子同夢故事的種粒和土壤，而《三夢記》——一種夢為自己的夢在他人身上發生，一種夢是一人身上的事在另一人的夢中出現，第三種夢即兩個人的夢境互通互行，完全相同。這三種夢類寫作，讓我們更清晰地看到了文學中夢空間與現實空間、夢空間與夢空間的互動、因果和連繫，尤其《三夢記》的三個不同夢故事，因夢空間相似的結構和組成，為寫作打開了巨大、精妙的不同空間連繫的可能性。

唐時李玫小說《纂異記》，[1]篇篇異趣可讀。其中的〈張生〉雖然讀來幾乎就是《三夢記》中的第一夢的重寫和翻版，但卻更為細膩和情感

1 〔唐〕李玫著，李劍國輯證：《纂異記輯證》，中華書局，二〇二一年。

化。由此來到《聊齋志異》中的〈鳳陽人士〉，故事講的是鳳陽書生外出遊學，和妻子告別說半年即歸，可卻走了將近一年未回，妻子思夫心切，便夜半得夢，夢見有一女子來喚她與郎君相見。她就跟著女子月夜出行，果然在路上碰到了騎著白馬迎面走來的丈夫。二人相見，自是彼此驚訝，喜出望外，就又跟著那女子到了女子家裡暫息歇腳。可結果，在那女子家的夜宴上，丈夫不和妻子纏綿親熱，卻與那女子眉來眼去，最後發展至心旗搖動，無所顧忌，妻子不忍受辱而憤然離去。她剛一出門，弟弟三郎疾馬趕到，聽了姐姐的哭訴，下馬後舉起一塊石頭，衝進那女子家裡，朝著正在床上和女子親熱的姐夫砸過去。結果是石頭破窗而入，把姐夫砸得頭破血流。

這一流血和驚呼，妻子頓時在床上猛然醒來，原來是一場思夫驚夢。故事完全是蒲氏的情感故事。然而在故事的結尾，〈鳳陽人士〉這樣寫道：

越日，士人果歸，乘白騾。女異之而未言。士人是夜亦夢，所見所遭，述之悉符，互相駭怪。既而三郎聞姊夫遠歸，亦來省問。語次，謂士人曰：「昨宵夢君歸，今果然，亦大異。」士人笑曰：「幸不為巨石所斃。」三郎愕然問故，士以夢告，三郎大異之。蓋是夜，三郎亦夢遇姊泣訴，憤激投石也。三夢相符，但不知麗人何許耳。

譯文為：

第二天，書生果然回家來了，乘的是一匹白色騾子。妻子很是驚異，但沒有說話。書生這夜也做了夢，將夢中的所見所聞說出來，竟跟妻子的夢完全相符，彼此都非常驚奇害怕。不久，三郎聽說姐夫遠道回來，也來問候。說話中，對姐夫說：「昨晚夢見你回來，今天一看果然不差，這可真是怪事情。」書生笑著說：「幸好我沒有被大石頭砸死。」三郎驚愕地詢問緣故，書生把夢中情況相告，三郎更是驚異。原來這一夜，三郎也夢見遇到姐姐哭訴，憤怒地投了石塊。三個人的夢完全相符，但不知那女子到底是什麼人。

從《搜神記》的〈謝郭同夢〉——會稽郡（今江蘇吳中）的謝奉夢到浙江永嘉（今溫州）的好友太守郭伯猷和人爭錢後掉進水裡淹死，是他給好友操辦了後喪之事；從夢中醒來，謝奉到了郭伯猷家，二人在下棋中，謝向郭說了自己的夢。而郭聽了此夢大為吃驚，說自己昨天也夢見自己和人爭錢，鬧得不亦樂乎。說完後郭去廁所，不慎倒地而死，果然是謝奉給他籌辦了棺材後事，所有的過程都和夢中一樣。這個關於爭錢死亡、夢夢相通的故事，到了《三夢記》中的劉幽求和妻子，就成了夢夢相通的情感故事（李玫的〈張生〉亦如此），再到蒲松齡的〈鳳陽人士〉，則成了士人、妻子和弟弟的三人一夢，夢夢相通。在千年的文學之路上，故事由夢中的爭錢而亡演繹為疑妻疑夫為夢，由二人同夢到三人通夢，所變的是故事與人物，而不變的是夢與現實，甚至到《聊齋志異》中的〈蓮花公主〉，一個夢後過了許多日子再夢時，新夢接續前夢之內容。這種夢接夢，如同時間中的今天延續昨天和前天一樣，使夢和現實不僅混淆而且讓夢也成為人生之現實，讓夢中的時間與空間，成為現實時間、空間中的一部分，委實是寫作獲得了無限的自由和可能。

倘若誰能將中國古典小說中歷來相關夢的寫作，自《搜神記》到唐小說，再到《太平廣記》和《聊齋志異》，博覽薈萃，別類分冊，大約能看到相通、相似的人物和故事，但也一定可以看到，夢作為小說之方法，對故事的時間、空間的改變和擴展，乃至於創造出獨一無二的新空間和新時間。怕會如一位行者踏入了一片開滿鮮花的處女地，無論朝著哪個方向去，都可能是一條新路和一路都是新寫作的鬱香和金色。

只可惜，面對中國浩瀚的古典文學時，自己太似落牙人面對棒骨和排骨了，幾乎沒有能力完成這老犁墾新地的事。

・69・

談論夢、空間、時間與文學的現代性寫作，我們想到的總是波赫士。想到波赫士對《一千零一夜》的愛和其中〈一夢成富翁〉對他的影響；甚至想到當代巴西作家保羅・科爾賀的《牧羊少年奇幻之旅》，如同〈一夢成富翁〉的「雙夢」式的故事和寫作。當然不能說阿拉伯《一千零一夜》中的「雙夢相通」式的「異人同夢」，和中國的《謝郭同夢》、《三夢記》有任何的瓜葛和連繫，但它證明了夢對世界各民族的民間故事、文學樣式的影響和開拓。而波赫士從這種故事中獲得的不是故事的樣式和內容，而是全新的寫作方法和完全不同的故事和夢空間。其〈圓形廢墟〉的出現，讓我們看到了傳統的通夢和同夢之故事，成了「別人在我的夢裡，可能我現在也正在別人的夢中」的「互夢」式寫作，這遠遠超越了「雙夢記」和「三夢記」的類型和思維，完全打開了遠離實在的新小說的「空間學」。

我們中國人是將魯迅的《野草》視為天作的，那加上一篇〈題辭〉在內的二十三篇散文詩，短短約就三萬字，沒有當下普通的一部中篇小說字數多，但研究的文章之多頗似卡夫卡的《變形記》，其字數比例為三萬和三百萬、乃至更多更多。可是在這二十三篇散文中，有九篇與夢相關的天作被忽略，尤其從〈死火〉、〈狗的駁詰〉，到〈立論〉、〈死後〉等七篇憤奮神作中，開篇都是「我夢見……」「我夢見……」。無論是〈死火〉中「我夢見自己在冰山間賓士」，還是〈狗的駁詰〉中「我夢見自己在隘巷中行走」，再或〈死後〉的「我夢見自己死在道路上」，魯迅在關於夢與寫作和關於夢的寫作中，給我們提供的不僅是故事與夢朝著非故事與夢——純粹思想與精神的文學轉移，而且從寫作學的角度說，魯迅還給我們創造性地提供了一個想像的夢空間、現實存在和精神存在的「三間重疊」的「混淆空間」。如果說〈謝郭同夢〉、〈張生〉、〈三夢記〉和〈鳳陽人士〉等篇目，同樣有著作家對人與情感思考的精神空間在，只不過沒有〈野草〉那樣尖銳、鮮明和深邃，那麼就夢的空間、現實存在與精神空間的高度混合與重疊，讓現實、精神與夢合而為一的不可分，也算是〈野草〉為我們提供的又一個文學創作新的、可能的多維多疊的空間嘗試了。如此與其每每念叨波赫士的「圓形廢墟」的夢與空間說，倒不如回到〈野草〉中不被人注意的、未曾在小說和故事中真正有所嘗試的深度混淆、疊合的空間裡，去騰挪、思考、創造，尋找一種更適宜中國現實與文學的可能性和現代性的文學空間說。

第十二講

《聊齋志異》中的桃花源與烏托邦

·70·

一個讀者如果可以一氣通讀——不是片片段段、道聽塗說或者閱讀選挑——整部的《聊齋志異》，會發現在中國古典文學名著中，它是唯一一部不給人悲壯、蒼涼、唏噓落淚和令人為物事憾缺失落的異著傑作。它沒有《三國演義》那樣讀後使人深感「國破山河碎」的悲涼和壯懷；也沒有《水滸傳》那樣讀完後，讓人幾乎為所有人物的歸宿感嘆和無語；更沒有《紅樓夢》那樣「白茫茫一片真乾淨」的哽噎、惆悵和無奈；當然，也不會有《西遊記》中當師徒四人千辛萬苦把經卷從西域取回後，被一場颶風將所有的經典吹進河水裡，使你想要和他們師徒一樣撲進河裡打撈的衝動和遺憾。甚至連《金瓶梅》中西門慶淫慾過度暴斃後，一切人物與故事都「樹倒猢猻散」的了結、終止、寂然至「到底如此」的應驗、失落都沒有。

讀完《聊齋志異》的最後一篇小說〈人妖〉——一個男扮女裝的人，借此玷汙女性，而最終夜睡了另一個男人；被捉、被閹後，卻因其閹割，剛巧逃過同黨被懲罰緝拿之命運。這個弄巧成拙、又緣拙而巧的故事，作為整部《聊齋》的收尾篇，剛好引人一笑，得以使讀者的情感、情緒在一笑中，如同長途跋涉了百里、千里後，疲勞到來時，有人把奶茶、糖水和凳子，端放到了你面前。

一切都是恰到好處的。

一切都是當止就止、當收就收的。沒有遺憾，也無失落。不見悲愴，也無需唏噓。整部《聊齋》給讀者帶來的感受就是，到處都有驛站和接待的想像旅行，是一次饑有食、渴有飲的聽書行程。當這一遙遠的行程結束後，滿腦子都是可回味的美人谷和桃花源。一片清寂卻又滿園春色。內心虛空卻又覺得難得如此。沒有淚流，無需感嘆，一種恰如其分的滿足感，宛若在盛宴後的回程中，所有的甜美都還留在回味裡，且那甜美不因多淤積胃而飽嗝，不因轟然坍塌或建立，而有悲劇感或喜劇的滑稽和可笑。

從《聊齋志異》的整體說，一部巨著四百九十一篇小說，四百九十六個故事，寫盡了書生命運的絕望而不給人以絕望感；寫盡了社會的黑暗而又不讓人憤懣、躁恨和衝動；寫盡了狐仙妖異女子的豔麗、嬌俏又不讓人覺得胭脂和輕佻；寫盡了怪異、荒誕而又不讓人覺得失真、獵奇和為了傳奇而傳奇。乃至於在整部小說中，幾乎所有的村莊都是荒涼的。荒涼的村頭又都布滿了墳墓和棺材。而在那墳墓、棺材、貧窮、戰爭和災難所填滿的平民百姓的苦難裡，又永遠充滿著命運的僥倖和意外——在中國自古至今的小說裡，再也沒有一部作品如《聊齋志異》樣，寫死亡如寫一日三餐和春種秋收般，而閱之卻又不讓人覺得死亡的恐懼和驚悚。《聊齋志異》給閱讀帶來的情感和平衡，如同天秤兩端的砝碼完全相等。悲與喜，盈與缺，足滿與失落，悲愴與歡快，幽暗與光亮，所有情感的兩端都得到了照顧與均衡。

為什麼會這樣？

因為小說中鋪排散落的美，剛好填平了故事中的醜惡、失落的坑陷和遺憾，使所有髒亂的地方都有綠草和鮮花，所有荒蒿的荊野裡，都必有遺落的鑽石和珠寶。蒲松齡讓美——審美中的美，不多不少地飽和在閱讀情感的中線上，宛若我兒時家鄉的四季，春夏與秋冬，都不多不少均為三個月。

· 71 ·

在《聊齋自志》的序言中，蒲松齡稱其創作的目的是「妄續幽冥之錄」、「僅成孤憤之書」。而今在三四百年後，時過境遷、孤憤消退，靜心而讀之，卻覺得《聊齋志異》是一部閱讀時情感激蕩，收頁後又深得撫慰的平衡書。當閱讀是零碎、挑選、隨遇而安地拿起又放下時，其每個故事、每篇短章給讀者帶來的感受都是跳躍的、不同的，如同今天兒童們玩耍的橡膠圓球的連珠跳；也如同卡夫卡的小說〈老光棍布魯姆菲爾德〉中永遠跟著布魯姆菲爾德的雙腳無休無止、跳個不停那對賽璐珞球。然而在我們完整讀完了這近五百個短篇小說後，那不止跳動的賽璐珞小球卻不再跳動了；被孩子們擲拋出去的膠彈小球也收將回來了。剩下的就是安靜中的美，如同五味雜陳之後留在嘴裡的餘香樣。美——不是悲愴、淒寒、熱烈、唏噓那樣濃烈的情感與跌宕，而是平靜、雋永的情感和回憶。每每回憶，《聊齋》中的各類故事都門開而至地到來和縈繞，如同無論何時何地你每次推開窗，看見的都是人間四月的春暖與花開，都是漫山遍野的花香與寧靜。

——蒲松齡是怎樣做到這些呢？

就因為被切割、分散、種植在《聊齋志異》中各處、各地的「桃花源」與「烏托邦」。小說的表像是人人都可領悟的美，而根深處卻是桃花源與烏托邦精神的根木與種子。那個美至極致、和諧無比的烏托邦城廓不是作為一個完整國度的地域在寫作中畫下疆界的，而是作為零散的一戶一村落、一扉一人家，甚或是一個故事中的一事一物，種植在了諸多故事的情節和細節中。它們被分散落置時，我們看到的僅僅是碎碎落落的美與韻——是一種故事、細節、場景、情緒、情感和情愛的豔麗之碎片，而當我們把這種散碎的豔麗重新整合拼置起來時，我們窺看到了整個《聊齋志異》所構建在故事內部和人物背後的桃花源的精神之所在——一個作家放置他靈魂的地方——烏托邦的精神城廓了。

將洋洋灑灑的《聊齋》合卷後，在回憶中細加追究和嚼味，我們輕易就可以看到整部《聊齋志異》中來自於人世之外的生命，那些大量大量、無以統計的非人之人，當他們成為人族、人類後，絕多都是帶著「送子觀音」的美意來到人世的。當你貧窮有難時，她（他）會帶著銀兩、土地、情義來到你身邊（如〈王成〉、〈酒友〉、〈司文郎〉、〈王六郎〉、〈王貨郎〉、〈竹青〉、〈真生〉、〈桓侯〉等），當你疾病纏身、家有劫災時，他們帶著醫術、法術、公正和善良來到你身邊（如〈褚遂良〉、〈嬌娜〉、〈上仙〉、〈胡大姑〉、〈辛十四娘〉、〈布客〉、〈伍秋月〉、〈聶政〉等），就是到了〈畫皮〉的厲鬼驚懼、人死為屍時，也終有道士的法術和正義，可以祛除劫難讓你回到活色生香的人世來。尤其統領全書之書生的命運和掙扎，宛若苦海無邊的茫茫洋域，然就在這黑夜般的渺茫掙扎中，卻總是可期可遇地看到來自非人之人——如狐狸、善鬼、仙異的出現和光照，使得書生的命運有多坎坷，回報的美和意外就有多麼豐厚和奇豔。在書生秀才的人生中，開局總是低微、不測和黑暗，而中途和尾場，總是美遇、圓滿到令人開懷、樂不可支，仿若一切的黑暗都將得到光明一樣；一切人的苦難都將有非人之人、超人之人前來拯救和安撫。如那些最為經典的書生情愛小說中的〈畫壁〉、〈嬌娜〉、〈青鳳〉、〈嬰寧〉、〈鳳陽士人〉、〈俠女〉、〈蓮香〉、〈阿寶〉、〈魯公女〉、〈林四娘〉、〈連瑣〉、〈阿霞〉、〈翩翩〉、〈辛十四娘〉、

〈鴉頭〉、〈木雕美人〉、〈封三娘〉、〈狐夢〉、〈農人〉、〈花姑子〉、〈西湖主〉、〈蓮花公主〉、〈荷花三娘子〉、〈郭生〉、〈絳妃〉、〈小謝〉、〈梅女〉、〈阿黃〉、〈青娥〉、〈甄后〉、〈宦娘〉、〈小翠〉、〈素秋〉、〈葛巾〉、〈竹青〉、〈香玉〉、〈錦瑟〉……等等，這些情愛小說搭起了《聊齋志異》湛藍、純粹而豔麗的天空。在這個天空下，蒲松齡構置出了兩個性別區域：一個是以男性書生為主的人世黑暗區域，一個是以女性為主的非人世的光明之區域。人世的黑暗必須有「她們」的到來才會有光、有愛、有未來。她們不光是拯救、安撫男性書生世界的人，而且是給現實的人世帶來未來和光照的人。在這兩個區域內，前者是陶淵明的「魏晉之亂世」，後者是「復行數十步，豁然開朗。土地平曠，屋舍儼然，有良田、美池、桑竹之屬」。當前者相遇後者時，生活、命運才會有時來運轉的美好和未來。而當後者來到人世時，書生、男性和家庭，也才有了希望和光，有了美好和期冀。

兩個區域的交叉和相遇，是我們讀到的故事和小說。從非人來到人世的絕多女性們，她們的美、義、愛和完全「獻祭」的生命和肉體，在單篇小說中，是對俗世生活的追求與犧牲，當把這些諸多的追求、犧牲合置在一起，便成了人世的希望、秩序和未來，成了來自非人世所有，卻真切存在的桃花源與烏托邦，是蒲松齡——無論是有意還是無意——所構置、建立的一個非人世存在的交響樂般的女性世界百樂園的一草、一花、一城池；是一方可觸、可視、可感受的非人世存在的桃花源的天地和世界；是俗世人間的嚮往、理願和精神逃離、寄居之所在；是對那個時代人的精神困境設置、建立的出口和秩序。

·72·

如果可以把中國的「桃花源」理解為偏近自然、天人合一的烏托邦，而將西方的「烏托邦」理解為更偏人設秩序的桃花源的話，那麼由此來讀《聊齋志異》便有意思了。因為在《聊齋志異》中，偏於自然、天人合一的精神是無處不在的，而偏於人治的和諧卻非來自於聖人、哲人和先知，而來自僅在文學中「真切存在」的非人之人。

首先將目光停留在《聊齋志異》所有面對大自然的寫作，除了民間文化對鬼狐出現時需要的寂寥、荒蕪的自然環境外，其餘幾乎所有的小說，都透出〈桃花源記〉遠離塵囂的「不知有漢，無論魏晉」的悠遠和悠然。如〈畫壁〉中孟龍潭和朱舉人偶然走進的寺廟；〈勞山道士〉中出現的道觀；〈狐嫁女〉中的府宅與樓閣；〈青鳳〉中府第的寬闊和寧靜，〈蓮香〉中良田阡陌的紅花埠，〈連瑣〉中書生楊於畏遷居的曠野泗水邊……在這些小說中，凡有情愛的相遇，必有「不知有漢」的逃離和書寫。到了〈嬰寧〉、〈絳妃〉和〈山市〉等小說，這種人與自然的和諧與統一，便成了最具體草屋磚石之建構。

伶仃獨步，無可問程，但望南山行去。約三十餘里，亂山合遝，空翠爽肌，寂無人行，止有鳥道。遙望穀底，叢花亂樹中，隱隱有小里落。下山入村，見舍宇無多，皆茅屋，而意甚修雅。北向一家，門前皆絲柳，牆內桃杏尤繁，間以修竹，野鳥格磔其中。意其園亭，不敢遽入。

譯文為：

王子服獨自一人，一路上孤孤零零，連個可問路的人都沒遇到，他一直向南山走去，大約走了三十餘里，見群山疊嶂，翠林爽人，山谷寂靜，杳無人煙，只有一條羊腸小徑。遙望山谷盡頭，在花叢亂樹掩映中，隱隱約約有個小村落。下山進村，看房屋不多，都是茅草搭的小屋，而意境非常幽雅。北面有戶人家，門前種的都是垂柳，院裡桃樹、杏樹尤其繁盛，中間還種著一叢竹林，野鳥在其中鳴叫不息。王子服估計這一定是哪家的花園，不敢冒失進去。

細讀〈嬰寧〉中書生王子服初見嬰寧之後，因為思念，獨自從病中走出，漫步在恍惚中的尋找與所遇，與東晉時那位武陵人所遇的桃花源是何等相近和相似。在這兒，〈嬰寧〉中這一自然境遇的相遇與描寫，不僅可謂〈桃花源記〉的姊妹篇，而且幾近為重寫和複述。而到了〈絳妃〉和

〈山市〉，「俄睹殿閣，高接雲漢。下有石階，層層而上，約盡百餘級，始至顛頭」（一會兒看到一處宮殿，高聳入雲，下有臺階，沿著石階上行，約走一百多級，才來到雲中高處）。正是在〈絳妃〉這一桃源般的夢中宮殿裡，蒲松齡才寫出那篇流芳溢豔的風月花文來。而〈山市〉一篇，可謂散文式的小說，也可謂烏托邦的城廓再現：

孫公子禹年，與同人飲樓上，忽見山頭有孤塔聳起，高插青冥，相顧驚疑，念近中無此禪院。無何，見宮殿數十所，碧瓦飛甍，始悟為山市。未幾，高垣睥睨，連亙六七里，居然城郭矣。中有樓若者，堂若者，坊若者，歷歷在目，以億萬計。

譯文為：

孫禹年公子同朋友在酒樓上飲酒，忽然看見山頭上孤零零的有座高塔聳起，深插青天，大家互相看著又吃驚又疑惑，想到附近並沒有這樣的禪廟和寺院。不久，又出現了數十座宮殿，碧綠的瓦屋，飛聳的屋脊，這才省悟是一座山市。一會兒又出現了高大的城牆，上面還有帶著射孔的矮牆，綿延六七里，居然是一座城廓。其中有像樓閣的，有像廳堂的，有像街坊的，歷歷在目，數以億萬計。

〈山市〉與〈絳妃〉，各自讀來，是作家借迷離、恍惚和夢所寫的極致之美與幻覺，是記憶的城廓與夢中的桃花源。一如〈桃花源記〉中的武陵人，一旦離開桃源地，就是一路插下路標也無人可以重新找到那遠離塵世絲毫無染的去處和聖境。而在〈山市〉和〈絳妃〉中，如出一轍地只要有股風或作家從夢中睜開眼，城廓般的山市和高聳入雲的宮殿，便在眼前桃花源般消失而不在，留下的只是語言，如同只可回味而不可捕捉的夢境樣。

·73·

如果說單純從諸多小說的自然抒寫中，還不足以說明《聊齋志異》所散置的桃源精神與烏托邦，那麼將其中所有關涉仙異的二十餘篇小說集中在一起，如〈白於玉〉、〈賈奉雉〉、〈翩翩〉、〈羅剎海市〉、〈西湖主〉、〈彭海秋〉、〈青娥〉、〈仙人島〉、〈嫦娥〉、〈雲蘿公主〉、〈海公子〉、〈安期島〉等遍閱遍析後，便不難發現對逃離現實（如〈桃花源記〉）與重構生活秩序（如《烏托邦》和《理想國》）的努力，則鮮明如市街樓閣、湖中島嶼。在小說〈白於玉〉中，少年吳筠，才華橫溢，聞名遠近，與其說他棄儒拋妻，是去尋仙得道，不如說是他百折千轉地要離開凡俗，到一個更為有序的擇天之地。而〈羅剎海市〉，則直接構置一個海島中的「大羅剎國」的行政秩序、社會風俗和不同於「中國人」的百姓日常，堪比為蒲松齡想像中的「烏托邦」與「理想國」。〈西湖主〉與〈彭海秋〉，則都以西湖為仙地，為水域和岸上的烏托邦，具體詳盡地描寫了那兒的場景、物設和生活之式樣。而到了〈賈奉雉〉和〈翩翩〉，前者寫盡了社會的黑暗與不公，清晰地表明唯一可逃離不公與黑暗的地方是仙界——那裡有桃花源般清寂、悠閒和烏托邦國的新秩序；而後者〈翩翩〉，則更具文學價值和意義地寫出了《聊齋志異》中的烏托邦與全世界任何地方烏托邦的城池、國度的不一樣。這不一樣的獨特差異是，除有桃花源般的自然美和烏托邦城廓的和諧人設新秩序，還有充滿著人之所需的烏托邦般的情愛和情感。

一個身有劣跡的少年羅子浮，偶遇山中仙人，便來到「門橫溪水，石梁駕之」的人間洞府。溪水可治身上潰爛，芭蕉可縫身上衣物，「少間，具餐，女取山葉呼作餅，食之，果餅，又翦作雞、魚，烹之皆如真者。室隅一罌，貯佳醞，輒複取飲，少減，則以溪水灌益之」（過了一會兒，該吃早飯了。女子取了一些山上的樹葉來，說是餅，羅子浮一吃，果然是餅。女子又用樹葉剪成雞、魚的形狀，放在鍋裡烹製，羅子浮夾起來一吃，全然沒有兩樣。石室的角落裡，有個大罈子，裡面裝滿了美酒，女子常常倒出來飲用，罈中的美酒只要稍稍喝掉一些，女子就往裡灌進一些溪水作為補充。）在洞府仙境，日常的生活是如此超然脫俗，需之取之，取之有之，用之而不竭。那麼凡人的情感又是如何呢？「數日，創痂盡脫，就女求宿。女曰：『輕薄兒！甫能安身，便生妄想！』生云：『聊以報德。』遂同臥處，大相歡愛。」（羅子浮在山中住了幾天，身上的瘡痂全都脫落了，他就要求和女子同宿。女子說：「你這個輕薄的傢伙！剛剛保全了性命安下身來，就開始胡思亂想了！」羅子浮說：「我只不過是想報答你的恩德。」從此，兩個人同床而眠，相親相愛，十分快樂。）

由〈翩翩〉而及幾乎所有仙異小說和故事，涉自然的為世外桃源，涉生活的有新序新規，涉人性慾求的更是情豔美愛、相補相擁。這樣的寫作，相比陶淵明的〈桃花源記〉和湯瑪斯．摩爾的《烏托邦》，多出的並不是文學價值和哲學精神，而是將人的情感之需求，也同樣置入了烏托邦式的美輪美奐、需之可得的仙界異地，宛若人的食需和秩序般，一樣得到了輪番的滿足、和諧和如意。自然、秩序、情感，構成了蒲松齡的桃花源與烏托邦的鼎力三角，有力地支撐了整部《聊齋志異》閱讀的均衡和舒緩，使得這部奇妙的巨著，黑暗而不使人絕望，困頓而不使人迷失，窮困潦倒而又充滿希望之光，處處悲傷而又處處都是撫慰和暖意，可以稱為是一部充滿黑暗、災難、死亡的狐鬼書，同時又是一部充滿天堂美愛的新生和描繪。而這一切的均衡和暖意，又都來之整部著作所散置其中的桃花源與烏托邦的意境、刻寫和鋪排。

·74·

就《聊齋志異》中的桃源意蘊與烏托邦精神，在另一層面值得追究的，還有那些在小說中帶來或構建烏托邦與桃花源的人——幾乎都是非人之人。人是生活在不公、黑暗中的人，而給這些黑暗、不公帶來烏托邦和桃花源的人，卻是狐狸、魂魄、仙異和可變為人的花草和蟲孚。這才是《聊齋志異》和〈桃花源記〉、《烏托邦》的最大不同之處。後二者的「理想國」，都是由「人」建立；而前者的建立仰仗的卻是非人之人。後者的建立都在堅實、真實的土地上，而前者的建立，卻都在恍惚、夢境和虛擬的想像世界裡。由此讓我們離開故事與文學的意蘊思考時，不免想到飄渺在海市蜃樓中的宮殿與碼頭岸街上直立的樓屋和廳閣，美的是在海市蜃樓間，而真實可靠的，卻是在荒蕪繚亂的陸岸上。如此蒲松齡便在《聊齋志異》中建立起了他的烏托邦，同時卻又在自己的寫作中坍塌了自己的建立和修築。一如一個沙灘人，在沙灘上修築了沙粒城堡後，卻又親眼目睹著海浪卷走了他的城堡和勞作。而這位千辛萬苦的沙灘人，卻看著那被卷走的沙城堡，臉上露出了詭異而滿意的笑。因為他知道，那沙灘上的城堡、城池不在了，連街巷屋簷下的桃花杏樹也都一併卷走了，然而同時，它們卻又永遠都留在了故事裡和我們的記憶裡。

說到底，《聊齋志異》是一部供人閱讀的故事集，是最富有民間想像的偉大小說和講述，而非哲學、理論和預言書。即使有人站在另一個立場判斷它為盛開著罌粟之花的麻醉故事集——那些所有來自非人之人的美和好，都是豔麗罌粟的汁液麻醉劑——即便是如此，它也還是讓我們看到了四百年前依靠配西汀（Pethidine）止痛活著的人，他們的疼痛、困頓、窘迫、絕境和獲得配西汀後臉上的安慰和微笑。

沒有人不厭煩阿Q臉上的笑，可阿Q不那樣微笑又能怎樣呢？在許多時候裡，阿Q的笑，也是整個人類的笑。

二〇二一年七月至十月　於港科大

當代名家
聊齋的帷幔

2023年1月初版
2024年5月初版第五刷
定價：新臺幣420元

著者	閻連科
叢書編輯	杜芳琪
校對	吳欣怡
內文排版	菩薩蠻
封面設計	朱疋

出版者	聯經出版事業股份有限公司
地址	新北市汐止區大同路一段369號1樓
叢書編輯電話	(02)86925588轉5394
台北聯經書房	台北市新生南路三段94號
電話	(02)23620308
郵政劃撥帳戶第	0100559-3號
郵撥電話	(02)23620308
印刷者	世和印製企業有限公司
總經銷	聯合發行股份有限公司
發行所	新北市新店區寶橋路235巷6弄6號2樓
電話	(02)29178022

副總編輯	陳逸華
總編輯	涂豐恩
總經理	陳芝宇
社長	羅國俊
發行人	林載爵

行政院新聞局出版事業登記證局版臺業字第0130號

本書如有缺頁，破損，倒裝請寄回台北聯經書房更換。 ISBN 978-957-08-6664-3 (平裝)
聯經網址：www.linkingbooks.com.tw
電子信箱：linking@udngroup.com

國家圖書館出版品預行編目資料

聊齋的帷幔／閻連科著．初版．新北市．聯經．2023.01．
336面．14.8×21公分．(當代名家)
ISBN 978-957-08-6664-3（平裝）
[2024年5月初版第五刷]

857.7 111019520